講談社文庫

新装版
禅定《ぜんじょう》の弓

鬼籍通覧

椹野道流

JN043287

講談社

目次

新装版　禅定《ぜんじよう》の弓

鬼籍通覧

一章　この不確かな安らぎ

それは、十二月上旬のとある木曜日のことだった。

いわゆる「先生も走る」師走だけに、十二月に入ってからというもの、大阪府T市のO医科大学法医学教室も、連日解剖続きの大賑わいを見せていた。

ただし、法医学教室の場合、走るのは「先生」ばかりではない。

解剖が入るたび、臨床検査技師も秘書も、それから所轄《しょかつ》の刑事たちも、とにかく関係者全員がバタバタと走り回ることになる。一日に複数体の解剖が入れば、当然ながら彼らの忙しさも二倍、三倍になっていく。

そんな慌《あわ》ただしい日々が一週間あまり続いたあとだっただけに、久しぶりに解剖が入っていないその朝、出勤してホワイトボードを見るなり、誰もがほっと安堵の表情になった。

ホワイトボードに、「本日の解剖予定」を書き付けた紙片が一枚も貼り付けられていない。それを確認すると、皆、そのまま何事もなかったかのように素知らぬ顔で机に荷物を置き、身支度を整えてそれぞれの持ち場へと向かう。

セミナー室の入り口近くの席に陣取り、部屋に入ってきた教室員たちと最初に挨拶《あいさつ》を交わす教室秘書の住岡峯子《すみおかみねこ》も、解剖については言及せず、他愛ない短い世間話をする程度である。

わざとらしいほど「解剖がない」ことについて言及しないのが、この法医学教室の不文律なのだった。


その日の正午過ぎ、近くのコンビニエンスストアで買ってきた焼きそばをセミナー室の電子レンジで温めながら、大学院生の伊月崇《いづきたかし》は、全身を目一杯使って伸びをした。

「うあー！　働き過ぎで、腰が痛ぇ」

その言葉が嘘でない証拠に、伊月のウエストが、ごきっと情けない音を立てる。

細身のジーンズに黒いハイネックのシャツを着て、その上に様々な色のスエード生地をつなぎ合わせたジャケットを羽織るという派手派手しい服装をした伊月は、今年、医師国家試験に合格したばかりの新米医師である。

しかし、その長身痩軀《そうく》の体格といい、ほっそりと整った顔立ちといい、医者というよりはミュージシャンかファッションモデルに見える。

研修医を経験することなく法医学教室の大学院生となったので、伊月は聴診器にも血圧計にも触ることのない……早い話が、生きた人間にはまったく縁のないという、医師としてはやや風変わりな生活を送っている。もちろん、臨床の医師なら呼吸と同じくらい自然に行う薬剤の処方すら、一度もしたことがない。

とにかく、法医学教室に入ったその日から、彼が触れるのは死者の肉体ばかり、そしてメスを持って行うのは、司法あるいは承諾解剖ばかりなのだ。

自分で決めて進んだ道とはいえ、この先おそらく、誰一人「治療する」ことなしに医師としての人生を終えるのだろうと思うと、一年目にして早くも奇妙な感慨にふけってしまう伊月なのだった。

「おっ、交通事故か。今日はH大さんが大忙しやな」

セミナー室のテレビは、たいてい正午のニュース番組の間だけ、つけておかれる。長いテーブルの片隅で愛妻弁当を広げる技師長の清田《きよた》松司《まつじ》は、多重事故を知らせるローカルニュースに、どこか妬《ねた》ましげにそう言った。

短軀に丸眼鏡、それに見事に前線が後退しきった宣教師ザビエルのような髪型というどこかコミカルな風貌の清田は、もうすでに勤続三十年を誇る初老の男である。だが、未だに意気軒昂《けんこう》なこの技師長は、とにかくじっとしていることがない。常にコマネズミのようにあちこちを高速移動している。

そんな彼は、解剖補助の職務をこよなく愛している。けっして人の不幸を願うわけではないが、他大学の担当地域で解剖が入ると、どうにも羨《うらや》ましくなってしまうらしい。

そんな清田を面白そうに見やってから、伊月はチンと軽やかな音を立てたレンジの扉を開け、熱々になった容器を注意深く取り出した。

「清田さんは変わってるなあ。俺なんか、今日解剖入ってなくて嬉し……ウプッ！」

今日解剖入ってなくて嬉しくて仕方ないけど……と言おうとしていた伊月の口を目にもとまらぬ速さで塞《ふさ》いだのは、ちょうどセミナー室に入ってきた、森陽一郎《もりよういちろう》だった。

教室最年少、二十一歳の陽一郎は、清田の下で、様々な試料の処理や分析にあたる技術員である。小柄でほっそりした体格で、女の子のように優しい面差しをした彼は、教授の都筑壮一《つづきそういち》の言葉を借りれば、「教室でただひとりの癒し系」らしい。

その陽一郎に、普段の彼からは想像もできないような荒っぽさで沈黙させられ、伊月は目を剝いた。

「な、な、何だよ!?」

「駄目じゃないですか！」

陽一郎は、優しい眉をキリリと吊り上げ、真剣な面持ちで伊月を叱《しか》る。伊月は目を白黒させて、陽一郎の怒り顔を見た。

「だ、だから何が」

「そういうことを言っちゃ駄目だって言ってるんです！　僕、今日こそ、溜まりまくった組織のプレパラートを作るって心に決めてるんですから」

「だから！　プレパラート作りと俺の発言に何の関係があるってんだよ」

「関係も何も……！」

ピリリリリリ！

その問いに陽一郎が勢い込んで答えようとしたそのとき、セミナー室の片隅に置かれた警察直通電話が鳴った。

峯子が身軽に立っていき、受話器を取る。短い通話を終えた彼女は、クルリと振り向き、コケティッシュな笑顔とキーンと高い声で、こう言った。

「はーい、大当た〜り〜！　伊月先生のせいで、解剖入っちゃいましたー！」

「ああ。だから言わないこっちゃないんですよ。もう、伊月先生はぁ」

陽一郎は大袈裟に嘆息し、清田はシシシ、と奇妙な笑い声を上げる。伊月ひとりが、困惑の面持ちで一同を見回した。

「ち、ちょっと待てよ。何で、解剖入ったのが俺のせいなんだよ。俺が何したってんだ？」

「解剖が入ってない、なんて言うからじゃない。馬鹿ね」

パーティション代わりのロッカーの向こうから、ハスキーな女の声が聞こえた。伊月は、不満げに薄い唇を尖《とが》らせて言い返す。

「ホントのことじゃないっすか」

「さっきまではね。まったく、法医学教室に半年以上いて、ここのいちばん重要な掟《おきて》の一つを知らなかったなんて、信じられないわ」

呆れ果てた口調でそう言いながら姿を現したのは、助手の伏野《ふしの》ミチルだった。

詳しい年齢は本人が語りたがらないが、現在三十一歳の彼女は、化粧っけのない顔をして、ウエーブのかかった短めの髪を茶色く染めている。残念ながら絶世の美女とは言い難いが、大きな目が印象的な人物だった。

「掟？　何ですか、そりゃ」

　駅から大学に来る道すがらにあるパン屋の袋を提《さ》げたミチルは、清田の隣に腰掛け、チェシャ猫のようなニヤニヤ笑いを浮かべて言った。

「解剖が入ってない日には、そのことを口にしちゃいけないの」

「だから、それはどうして」

　ミチルの向かいの椅子を乱暴に引き、伊月はドスンと腰を下ろした。べりべりと焼きそばの蓋を剝がすと同時に、セミナー室に香ばしいソースの匂いが立ちこめる。

　ミチルは袋からパンを出しながら、無造作に答えた。

「今日は解剖ないなーって言った途端に、どかーんと入っちゃうからよ。まさしく今みたいにね」

「今みたいにって、今のは俺のせいじゃないっすよ！　俺が解剖ないって言ってから、警電鳴るまで、一分もなかったじゃないですか。ってことは俺が『解剖が入ってない』って言おうと言うまいと、解剖が入ることに変わりはなかったわけで……」

「わかってないなあ、伊月君は。理屈じゃないのよ。最初に口に出して言っちゃったって事実だけで、今日の解剖は、伊月君のせいで入ったことになるの。……あ、このカレーパン、けっこう美味しい」

　嫁入り前の女性を自称するわりに、百年の恋も冷めそうな大口でカレーパンを頰張り、ミチルは解剖予定表にマジックで何やら書き付けている峯子に声を掛けた。

「ねえ、ネコちゃん。どんなのが入ったの？」

今日は外で昼食を摂《と》るつもりらしい。ふわふわのファーがついたゴージャスな白いコートを羽織った峯子は、手を止めず背中を見せたまま答えた。

「T署で焼死だそうですにゃ」

「一体だけ？」

「ええ。木造アパートが燃えて、お部屋の中から遺体が見つかったそうです。ちょっと現場からの搬出と書類揃《そろ》えるのに時間がかかりそうだから、あとでもっぺん電話しますって。だから、わかってることだけ書いて、貼っていきますね。もしかしたら、テレビでそのニュースもやるんじゃないですかぁ」

「ああ、そうかもね。そういや今日、教授殿は？　朝から姿見ないけど」

「H医大で講義です。お帰りは夕方って仰ってました」

ミチルはそれを聞いて、思い切り嫌そうに顔を顰《しか》めた。

「えー、ってことは、鑑定医は私？」

「そうですよ。じゃ、いってきまーす。お電話かかってきたら、よろしくお願いしますにゃ」

あっさりとそう言い残し、ハイヒールのかかとで小気味いい音を立てて、峯子は出かけていった。

「手間取りそう……ってことは、解剖は三時くらいからになりそうね、陽ちゃん」

ミチルは、憮然とした顔で突っ立っている陽一郎に声を掛けた。陽一郎は、華奢な体には大きすぎる白衣のポケットに両手を突っ込み、肩を竦《すく》めた。

「ですね。じゃ、それまでにできるだけ組織の切り出しをやっておかなきゃ」

「あら、陽ちゃん、お昼は?」

「いいです。最近、ちょっと太り気味だから、これ幸いとダイエットすることにします」

まるで女の子のようなことを言い、陽一郎は伊月にチラと恨めしげな視線を投げてから、実験室へと去ってしまう。

「ちぇ、濡《ぬ》れ衣《ぎぬ》だってての!　絶対、タイミング的に俺のせいじゃねえ!」

ヤケクソの勢いで、伊月はほっそりした輪郭がボコボコになるくらいの勢いで焼きそばを頬張る。子供っぽいむくれ方に、ミチルは笑いながら「まあまあ」と言った。

「イベントには生《い》け贄《にえ》がつきものってことよ。ある意味ゲームみたいなものなんだから、甘んじて『本日の解剖招喚者』の称号を受けとっときなさい」

「全然嬉しくねえ称号だなあ……。あ。またかよ」

まだぶちぶちと文句を言っていた伊月は、テレビから流れてくるニュースに、さらに鬱陶しそうに顔を顰めた。

その呟きに、清田とミチルもテレビを見やる。昼のローカルニュースにだけ登場する新人アナウンサーが、必要以上に沈痛な面持ちで、原稿を読み上げていた。

『……W小学校の校庭にあるウサギ小屋で、飼育されていたウサギ三羽が死んでいるのを、登校した児童が発見しました。ウサギはいずれも全身を鋭利な刃物で切りつけられており、野犬などの仕業ではなく、人間に殺害されたものと思われます。先日よりお伝えしております連続動物殺害事件との関連を、警察が捜査中とのことです。では次に……』

「連続動物殺害事件？　何やそれ」

清田が丸眼鏡の奥の小さな目をパチパチさせてアナウンサーの言葉を反芻する。ミチルはもぐもぐとパンを頬張ったまま不明瞭な口調で言った。

「あら、清田さんはご存じないんですか？　ここんとこ、T市内で動物が殺される事件がちょくちょく起こってるの」

清田は首を捻り、顔を顰めた。

「いや、僕は知らんなあ。人間のコロシだけでも多すぎて、動物まで気が回りませんわ。せやけどまあ、刃物で殺すっちゅうんは、また惨《むご》いなあ……」

「ホントにね」

「他にはどんな動物が殺されてるんです？」

「野犬や野良猫、ウサギや鶏……そんなところじゃなかったかしら。とにかく、どれも惨殺されてるらしいわよ。ニュースでは音声でしか伝えられないけど、きっと酷《ひど》いんでしょう。ね、伊月君」

「……サイテーっすよ」

伊月は、テレビの画面を睨んで吐き捨てた。ミチルは、皮肉っぽい笑みを浮かべる。

「あら、やけに熱血なんだ。人間の殺人事件には、そこまで憤らない伊月君が」

伊月は、心底ムッとした顔で言い返した。

「人間の殺人だったら、別に俺が憤らなくたっていいじゃないですか」

「何よ、それ」

伊月は、もりもりと焼きそばを咀嚼しながら、珍しいほど苛《いら》ついた口調で言った。

「人間が殺されたときは、ほっといたって近所の人だって騒ぐし、警察だってさくさく動くし、メディアだって嬉しそうに取材に飛んでいく。そうでしょう」

ミチルは肩を竦める。

「まあ、そうだわね」

「動物じゃ、そうはいかないですからね。……もちろん、今みたくニュースにはなるし、警察だって仕事はするだろうけど、殺人ほど大ごとにはならない」

「そりゃそうね。動物愛護法ができたからっていっても、この国じゃ、動物虐待や動物殺しは大した罪にはならないもの。どうだっけ。一年以下の懲役または百万円以下の罰金？　せいぜいそんなもんだったんじゃないかしら」

伊月は憂鬱そうに頷き、油で光った唇をティッシュペーパーで乱暴に拭った。

「そうそう。犯人を捕まえたって、そんな軽い刑罰じゃ、警察だって本腰入れられないってんですよ。そう思いませんか、ミチルさんは」

「まあ、一応警察に縁がある人間としては、そうよねと正面切っては言えないけど。確かに、最近世間が物騒で、警察だって十分過ぎるほど忙しいものね。でも、だからって伊月君がそんなにカリカリしても仕方ないじゃない」

「けど！」

伊月は椅子を引き、長い足を組んだ。ブーツのつま先が、苛々と小刻みに上下している。伊月は、切れ長のきつい目で、清田とミチルを見た。

「二人とも、家でペットとか飼ってないんすか?」

清田は、丁寧に弁当箱を包み直しながらあっさりと答えた。

「うちは子供が四人おりますからね。子供を育ててるだけで台所事情が苦しゅうて、ペットを飼う余裕なんかどこにもありませんでしたわ。ははは」

「ミチルさんは?」

ミチルは、肩を竦める。

「うちはペット禁止のマンションよ。実家でも母親がきれい好きだから、動物は金魚くらいしか飼わせてもらえなかったし。伊月君だって、叔父さんちに下宿じゃ、ペットなんて……ああ、そっか。伊月君、ほとんどししゃも飼ってるようなものだっけ」

伊月はムスッとした顔で頷いた。

ししゃもとは、数ヵ月前から、伊月の幼なじみでT署の新米刑事、筧兼継《かけいかねつぐ》が飼っている猫の名前である。

とある殺人事件が解決した直後、伊月が墓地で拾ったその子猫を、筧が引き取った。ししゃもと命名したのも、実は伊月である。

そんな経緯があり、しかも筧の勤務が極めて不規則であることから、伊月は筧のアパートにしょっちゅう立ち寄り、ししゃもの面倒を見ていた。

ミチルはクスリと笑って言った。

「そうよね。筧君はどうだか知らないけど、伊月君はまるでお父さんだもんね」

「お……お父さん？　俺が？」

「うん。だって、筧君ちにししゃもが来てからっていうもの、伊月君の話の四分の一くらいは、ししゃものことよ」

伊月は、面食らった顔でぽりぽりと頭を掻く。

「マジで？　そ……そんなに猫のことばっかし言ってましたか、俺」

「うん。ししゃもが大きくなっただの、しっぽがふさふさだの、キャットフードは何が好きだだの、おやつばっかり食べたがるだの、伊月君の膝より炬燵《こたつ》の中が好きだだの、脱ぎ捨てた靴下をかたっぽだけどっかに隠しちゃって困るだの……」

「そういや、そんな話はしたような気が……」

ミチルは、鼻筋に皺《しわ》を寄せて笑った。

「何かさ、ほら、アレよ。つっぱってたヤンキーが結婚して娘が生まれるなり、それまでのやさぐれようは何だったのかっていうくらいの親馬鹿ぶりを発揮するのによく似てる」

「な、何すか、そのたとえは！　ったく、失礼だな。確かに、子猫があんなに可愛いもんだとは思いませんでしたけどね。何つーか、また笑われるだけかもしれないけど、初めて守ってやんなきゃなって思うもんに出会った……って、そんな感じなんですよ」

そう言って、伊月は照れくさそうにそっぽを向いてしまう。だがミチルは、存外真面目な顔でかぶりを振った。

「笑うほど人非人《にんぴにん》じゃないつもりよ。伊月君の、そういう情の深いとこ、いいなって思うし」

「マジで？」

「人間だろうが動物だろうが、守るべきものがあるのは素敵だし、羨ましいと思うわ。だからそんなに怒ってるんでしょ、動物殺しのこと」

伊月は渋い顔で頷く。

「ししゃもは筧の猫だけど、半分俺が育てたようなもんだし、やっぱ家族みたいに思うし。それが殺されたら、自分の子供を殺されたみたいな気分になると思うんですよね」

「またそない大袈裟な。子供はペットと全然違いますて」

清田は苦笑いでそう言って、立ち上がった。食後の茶を淹《い》れようと、テーブルを回り込んで流し台の前に立つ。その見事にサイドだけが残った頭を睨み、伊月はボソボソと抗議した。

「そりゃ、子供を持った人の優越感バリバリの台詞《せりふ》ですよ。俺はまだ所帯持ってないから、筧とししゃもが家族みたいなもんだし。やっぱ、ししゃものこと、すげえ守ってやりたいし、可愛いっすよ」

「そこが違う言うとるんです。猫は可愛いだけでしょうが。人間の子供は、猫と違うて、可愛い時期は一瞬ですよって。親に刃向こうてばっかりのくせに、ゼニだけはきっちりたかりよる。ホンマに憎たらしい生き物になりますわ」

慣れた手つきでマグカップに緑茶を注《つ》ぎながら、清田は皮肉っぽい口調で言った。

「それでも、つきつめれば可愛いんでしょ、子供さんたち」

ミチルの言葉に、清田はいやいやと手を振った。

「子供はあきません。もう可愛いなくなって久しいですけど、その代わりに可愛いいんは孫ですわ。孫は、とにかくええですよ。泣かれても我が儘されても、ちーとも腹が立ちませんわ。目の中に入れても痛うないいうんは、ホンマですなあ」

眼鏡の奥の細い目を糸のようにしてやにさがった笑みを浮かべる清田に、伊月は呆れ顔で言い返した。

「どっかの歌手のヒットソングみたいなこと言ってるよ。何だ、じゃあ俺のしゃもが、清田さんの孫ってだけじゃないですか。あーあ、それにしても、わかんねえな。弱っちい生き物殺して、何が楽しいんだか。快楽殺人するような奴と同じ心理なんですかね」

「ホントにね……。ああ嫌《や》だ嫌《や》だ。荒《すさ》んだ事件は、仕事の分だけでもうたくさん」

吐き捨てるように言って、ミチルは空っぽになった紙袋をくしゃっと丸め、ゴミ箱に放り込む。そのまま歯を磨きに行くべく席を立ったミチルの耳に、どうやらこれから入る解剖の「原因」とおぼしき火災のニュースが遠く聞こえた……。


結局、解剖は午後三時半から始まった。

今日は都筑教授が留守なので、執刀医はミチルと伊月、執刀補助は清田、そしてシユライバー（筆記役）は陽一郎である。

ミチルと伊月が着替えて解剖室に入っていくと、すでに遺体は袋のまま解剖台に載せられており、陽一郎は筆記席について、書類をチェックしていた。

法医学教室で行われる解剖の大半は司法解剖である。刑事訴訟法に基づいて行われることができるのだ。

るこの解剖は、検察官や司法警察員の嘱託《しょくたく》を受け、裁判所の許可が出て、初めて行うことができるのだ。

つまり、警察が発行する鑑定嘱託書、及び裁判所が交付する鑑定処分許可状が揃って初めて、ミチルたちの行う解剖が合法的なものとなる。解剖前にこの二種類の令状を確認することは、シュライバーの大切な仕事の一つだった。

清田は解剖に使う器具をキャスターに載せたステンレスのバットに綺麗に並べており、解剖台の脇《わき》にある流しでは、所轄の刑事……筧兼継が、黙々とタオルを水に濡《ぬ》らし、絞る作業をしていた。

「こら先生方、えらいお世話かけます」

そう言って頭を下げたのは、中村《なかむら》警部補だった。刑事にしては洒落者《しゃれもの》のこの中年男は、いつも黒々した髪にポマードをたっぷりつけてオールバックに撫でつけ、くすんだ濃紺の出動服の上に、蛍光グリーンのジャンパーを羽織っている。

「こんにちは。教授が留守なので、今日は伊月君と二人でやります」

ミチルは術衣の上から茶色いエプロンをつけ、紐を後ろ手で締めながら挨拶した。

筧も、カメラの準備をしたり汚れた床を綺麗にしたりしていた他の二人の刑事たちも、それぞれ挨拶して頭を下げる。

「よろしゅうたのんます。都筑先生は、今日はどちらへ？　出張でっか？」

中村は、机を挟んで陽一郎の向かいに腰掛け、ミチルの顔を見上げた。

「今日は、外交をしてらっしゃるそうですよ」

「外交？」

「よその大学で法医学の講義」

「へえ。法医の講義が、外交ですか」

「もちろん、それぞれの先生方の専門分野について喋ってもらうために、講義に呼んだり呼ばれたりなんだけど……。ホントはどうしてもそういうことが必要だってわけじゃないのよね。つまるところは、招く招かれるの関係って教室同士の親密度のバロメーターだし、呼ばれた先で、教授同士の情報交換だって密談だってできるじゃないですか」

「あー、なるほど。そない言われたら、先生方も政治家みたいですな」

「医大なんて、ちっちゃな政府みたいなもんだわ。病院もののドラマだって、一般の人たちが思うほど大袈裟なものじゃないかもよ。……と、じゃ、状況、お願いします」

世間話をしながら、ミチルは頭にオペ用ターバンを巻いて髪をすっぽり覆い、ゴム手袋を二重にはめた。同じように身支度をしながら、伊月も筆記席に近づく。

ゴホンと咳払いして、中村は事件の概要を説明し始めた。

それによれば、火事の一一〇番入電は、今朝の午前二時三分。T市W町の木造アパートが燃えていると、近所の住民から通報があった。

消防が現場に到着したところ、すでに二階建てのアパートは本格的に炎上しており、消火活動の最中、二階部分が崩落した。

深夜の事件だったため、住人たちの多くは就寝中だったが、騒ぎを聞きつけ、外に避難して無事だった。

ただ、鎮火《ちんか》後の現場検証中、高度に焼損した遺体が一体発見された。遺体の発見場所や避難住人の身元調査などから、遺体は、一階一〇五号住人の竹光寅蔵《たけみつとらぞう》、八十二歳のものと推測される。

「……ま、大まかにこんな感じで。竹光さんは無職で独居、子供がないもんで、身よりなし。連れ合いは、ずいぶん前に亡《な》くなったようです」

「じゃあ、ひとりで全部身の回りのことをやってたんすか？」

「いや、年も年ですし、昔の男やから、家事は一切できんかったようですな。それで、ヘルパーが週に三度、通って世話しとったそうです。そのヘルパーにも話聞いたところでは、どうやら認知症もあったそうで」

「認知症？　酷いんですか？」

「いやいや。何か全然大丈夫な日と、ちょっとアカン日があるとか」

「ああ、認知症の初期段階ってことかしら」

「ええ。まあ、認知症出てるときも、基本的には気のいい爺《じい》さんで、ただ、話がろくすっぽ通じんかったり、ごくたまに失禁したり、変な時間に散歩に出てしもたりする程度らしいですわ」

「なるほどね。ご高齢なうえに軽い認知症……。それで、逃げ遅れた？」

「たぶん、そうやないかと思います」

長い髪を首の後ろで一つに結んだ伊月は、それを聞いて忌々《いまいま》しげに小さく舌打ちした。

「隣近所の奴も、連れて逃げてやりゃいいのに。八十過ぎた認知症の爺さんが、火事だからってひとりで逃げられるわけねえじゃん」

筆記席の周囲にいる面々をよそに、清田は刑事たちに手伝わせ、「極楽袋」と呼ばれる遺体専用の合成樹脂製の袋から遺体を取り出している。その作業を見やり、ミチルは肩を竦める。

「今どき、そんな細やかな近所づきあいを期待するほうが無理よ、伊月先生。私だって、マンションの隣にどんな人が住んでるのか知らないわ。顔を合わせたことないし」

「……そんなもんですかね」

「寂しい話だけど、多分ね。……それで？　見たところ、相当焼けちゃってるけど、このご遺体が竹光さんかどうか鑑定するためのものを、何か持ってきてくださった？」

ミチルに問われて、中村は膝の上に載せていた封筒から、厚いカルテを取り出した。

「去年の六月、竹光さんは歯医者で入れ歯を作り直してましてて。個人識別に役立ちそうなもんは、このカルテとレントゲンだけですわ」

「なるほど……」

ミチルは、最近壁に取り付けたシャーカステンに、小さな歯牙《しが》のレントゲン写真とパノラマ写真を挟んだ。

「やっぱり戦争をくぐり抜けた人は、体が丈夫なんですかな。この年で、総入れ歯違うんですわ、竹光さんっちゅう人は」

「そうみたいね。このパノラマを見る限りでは、ところどころに自分の歯を残して、部分入れ歯で対応してるみたい。個人識別には、そのほうが好都合だわ。ま、あとで参考にさせてもらうから、このままにしておいてください。陽ちゃん、カルテはあとで一応コピーさせてもらってね」

「わかりました」

陽一郎は、状況を書き留め終わり、中村からカルテを受け取る。

「それで、ニュースでは調査中って言ってたらしいけど、出火原因は見当がつきました？」

中村はそう問われるなり、うんざりした面持ちで答えた。

「それが、検証の結果、どうやら放火らしいんですわ」

「放火？　まさか、その認知症の竹光さんが、うっかり火の不始末を……とかじゃないでしょうね」

「いや、それはないと思います。ヘルパー曰く、料理は全然せえへんし、お茶淹れるんは電気ポットで用が済むそうで。ヘルパーが食事を作っていくんですが、そのときも電磁調理器言うんですか？　とにかく火を使うようなもんが部屋にないそうです」

「暖房は？」

「エアコンですわ」

「じゃあ、煙草は？」

「竹光さんは、酒も煙草もやらんそうで」

「よかった。じゃあ、出火元は？」

「どうやら一階の住人が玄関先に積み上げてた古新聞みたいです。他には、周囲に火元になりそうなもんが何もないんですわ。道からちょいと入ったら、すぐ火ぃつけて逃げられますし」

「あー、なるほど。じゃあ、犯人の目星もまだ全然？」

「まだ全然ですわ。住宅街ですからねえ。そんな時刻に通行人ちゅうのも見込めませんし。まあ、明日くらいから、焼け出されてあちこちに身を寄せとるアパートの住人たちのとこへ、聞き込みに回るつもりなんで、そこで何か情報が摑めるとええなあと」

「そっか……残念」

二重にしたゴム手袋を馴染ませながら、ミチルは言った。

「じゃ、始めましょうか。まず、写真お願いします」

「はいっ」

ミチルの指示で、清田とカメラを持った刑事が、遺体の両側と真上から、まずは全身を写真に収める。

そこで初めて、衣服の切れ端《きはし》や燃えかすやゴミなどを遺体から取り除き、丁寧に弱い水流でさっと全身を洗い流して綺麗にする。そして再度、同じように写真撮影を行う。

それが済むと、ミチルはバットからピンセットと定規を取り、伊月に差し出した。

「じゃ、伊月先生。外表所見はよろしく」

「うあ、はいっ」

伊月はちょっと緊張しつつ、それらを受け取った。

都筑もミチルも、最近は時々、伊月に検案を任せる。もっとも、伊月はまだまだ新人なので、任されるのは極めて単純な外表所見であることが予想される症例である。

そのうえ、都筑もミチルもそばでじっと遺体を観察し、伊月の述べる所見が遺体の状態に合致しているか、大切なことを見落としていないか、しっかりチェックしているので、伊月にとっては、恐ろしく緊張するひとときなのだった。

伊月は、いわゆる「ファイティングポーズ」の姿勢をした遺体を見下ろした。高熱で筋肉が熱凝固するため、四肢《しし》が屈曲してしまうのだ。遺体の焼損はかなり激しく、四肢の末端は焼けて失われていた。あちこちで黒褐色の皮膚が裂け、淡い茶色がかった筋肉や、黄色い皮下脂肪、それに焼け焦げた骨が覗《のぞ》いている。

「手足曲がってしもてますから、今日はこれで」

そう言って清田が手渡してくれた巻き尺で、伊月はまず遺体の身長を測定した。体重は、さっき清田と刑事たちが量っておいてくれている。

「身長百六十一センチ、体重四十三キロ。痩せ形の男性」

小さな声で相づちを打ちながら、陽一郎がペンを走らせる。

「全身高度焼損。体前面は、第3度ないし第4度熱傷で褐色から黒褐色を呈する。背面は……」

伊月の言葉に的確に反応して、清田と刑事のひとりが遺体を起こし、背面を露出させてくれた。

「背面は……。ええと、背面……うー？」

そこまで滑らかだった伊月の言葉が、急に止まる。

「熱傷の程度と死斑《しはん》、どうぞ」

ど忘れしたのかと、助け船のつもりで陽一郎はそう声を掛けた。だが、伊月は薄い唇をへの字に曲げて、うーんと唸《うな》っている。

「どうしたの？」

伊月と同じ側に回り込んだミチルも、遺体の背面を見て、髪と同じ茶色に描いた眉を顰《ひそ》めた。

「この人、どんな姿勢で発見されました？」

その質問に、中村は分厚い調書を持ってやってきて、現場写真のページを開いてミチルと伊月に見せた。

「これが発見時ですわ。まあ二階が崩落したもんで、瓦礫《がれき》の山ん中から発見されたわけですけど、一応仰向け状態で。布団の上に載っかってはりました」

「見つけてからも、ずーっと仰向けですよね？」

「そら、手足曲がってしもてますからねえ」

「あー、そりゃそうよ……ねえ」

ミチルは片眉を上げた微妙な表情で、伊月を見た。伊月はその視線を受け、ちょっと逡巡しつつも口を開いた。

「背面、大部分は第3度ないし4度熱傷。背面中央と臀部《でんぶ》は、熱傷を認めず、その部の皮膚は……その、蒼白、な気がする」

「は？」

さすがというべきか、中村は伊月の所見に敏感に反応した。書類の整頓を中断していきなり椅子から立ち上がった中村に、陽一郎はつぶらな目をパチパチさせる。

「蒼白て先生、死斑は？」

隣に歩み寄ってきた中村に、伊月は遺体の背面を指して言った。

「いや、焼けてないところは、ほら、ちょうど床面で圧迫されるところだから、死斑が出ようがないってのは別にいいんですよ。だけどね、ほら」

伊月の長い指が指し示したのは、健常な皮膚と熱傷部分との境界だった。遺体にうんと顔を近づけてしげしげとその部分を見た中村は、心底嫌そうな顔で伊月を、次にミチルを見た。

「これはアレですか……」

「アレみたい。ね、清田さん」

狭い解剖室だというのにかっ飛んできた小柄な技師長は、まるで鼻の利《き》く猟犬のような調子で言った。

「アレですわ！　いやー、大変や」

ふむふむと顰めっ面で頷き交わす三人に、ひとり取り残された伊月は慌てた様子でミチルの手術着の袖を引いた。

「ち、ちょっとミチルさ……違った伏野先生、アレって何ですか」

まだタオルがあまり汚れないので手持ち無沙汰らしい筧も、がっしりした長身を縮こめるようにして、そうっと一同に近づく。

ミチルは呆れ顔で伊月を軽く睨んだ。

「自分で所見言っといて、その意味がわかんないの？」

「いや……初めて見るから、ちょっと自信ないんすけど……遺体で、健常な皮膚と第3度以上の熱傷部分がある場合は、程度の差こそあれ、必ず境界部に第1度あるいは第2度熱傷が見られるって俺、都筑先生に教わったんですよ」

「そのとおりだわ。だって、熱傷は1度から4度へと段階的に進むはずだものね。それで？」

ミチルは頷いて先を促す。

「ついでに学生の頃、法医の講義で、第1度と第2度熱傷は生活反応だけど、第3度と第4度熱傷は違うって習った記憶があるんですよね」

「……で？」

「この遺体には、第3度・第4度熱傷はあるけど、健常部分と熱傷部分の境界部に、第1度・第2度熱傷が見られない。つまり、生活反応が見られないってことですよね」

「あの……すんません。それって、どういうことなんですか？」

ミチルの背後から、申し訳なさそうに筧が小声で問いかけてくる。ミチルは別段面倒くさそうな様子も見せず、筧に説明してやった。

「つまりね。生きてる人間……たとえば筧君が、今ここで凄い高温物体に体の一部が触れたとしたら、どうなると思う？」

筧は、ぎょろりとした大きな目を何度か瞬《まばた》きさせ、やはりすまなそうに答える。

「その、月並みですけど、火傷《やけど》します」

「そう。たとえば肩に高熱を帯びた物体が触れたとしたら……筧君の肩はじゅって焦げちゃうわね。それが第4度熱傷。だけど、他には熱は触れていないから、肩から肘《ひじ》に降りていくと、だんだん、第3度、第2度、第1度、そして健常な皮膚……と綺麗なグラデーションをつけて症状が軽くなっていくはずなの。何故なら、筧君は生きているから」

ミチルは、指先を筧の肩から太い二の腕に走らせながら言った。

「第1度熱傷っていうのは、皮膚の発赤。いわゆる軽い火傷で赤くなった状態ね。第2度熱傷は、水疱《すいほう》、すなわち水ぶくれが出来た状態。そして、その二つはさっき伊月先生が言ったとおり生活反応で、生きている人間が高熱に曝《さら》されない限り、生じないの」

筧は、太い眉を寄せて、考え考え質問を口にした。

「第3度と第4度の熱傷は、生活反応やないんですか？」

「ええ。その二つは、死体でも生じうる、単なる熱による組織の全層性変化だわ」

しばらく天井に視線を彷徨《さまよ》わせていた筧は、思い切ったように大きな口を開いた。

「つちゅうことは、このご遺体は……火事のとき、もう生きてへんかった……。既に死んではったっちゅうことですか。せやから、焼かれても生活反応である第1度・2度熱傷が出来なかった？」

「そう考えられるってこと。ね、伊月君」

伊月は、戸惑いがちに頷く。中村は、綺麗に整えた髪をガシガシと鬱陶しそうに掻いた。

「ぐわー。もう、焼死やから解剖は楽やて思た途端にこれや。放火犯捜すだけでもホネやのに」

そんな愚痴に、ミチルは気の毒そうに言った。

「まあ、解剖して所見をすべて見ないと、はっきりしたことは言えないわ。この人が竹光さんかどうかも、まだわからないんだし。とにかく、ちょっとご遺体を元に戻してみましょう」

その言葉に、ひとりで遺体を支えていた刑事は、注意深く遺体を仰向けに戻す。ミチルに促され、伊月は検案を再開した。

「強直《きょうちょく》……は、全身の筋肉が高度熱凝固しているので不明。……よ……ッ、と！」

四肢が屈曲したままでは解剖にならないので、伊月は清田の力を借り、四肢をどうにか緩め、ガチガチに固まった顎《あご》を、何とか少しでも動かそうと努める。勢い任せに押したせいで顎にかけた手が滑り、遺体が大理石の解剖台の上で小さく跳ねた。

そのとき。

「あ」

ミチルが小さな声を上げた。皆、一斉にミチルを見る。彼女は遺体に近づくと上体を屈《かが》め、指先で何かを摘《つま》み上《あ》げた。

「今、遺体が跳ねたとき、後頭部のあたりから何か落ちた。これ」

ミチルが一同に見せたのは、小さなピンバッジだった。ミチルはその短い針の部分を親指と人差し指でそっと挟み、もう一方の手の指先で、煤《すす》けたバッジの表面を擦《こす》った。皆、頭を寄せ、ミチルの手元を覗き込む。

丸いバッジは、安っぽい金メッキの代物《しろもの》で、表面に赤い文字で「P．C．」と書かれていた。

「『P．C．』？　何の略だろ」

伊月が首を捻る。ミチルも肩を竦めた。

「知らない。留め具のほうはなくなっちゃってるみたいね」

ミチルは遺体の頭部を軽く持ち上げ、ああ、と頷いた。

「ここ。後頭部の皮膚に、小さな穴が空いてる。何かの拍子に刺さったのね。それで、そのまま髪の毛に紛《まぎ》れてたんだわ」

「ま、まさかそれが死因に……はならんですよね」

中村の言葉に、ミチルは肩を竦めた。

「そんなわけないでしょ。ごく短い針だもの。これ、この人の持ち物かしら。それとも、遺体を現場で動かしたとき、うっかり瓦礫の中に落ちてたものが刺さったのかしら。わかんないわね。とりあえず、渡しとくわ」

「はあ、まあもらっときます。しょーもないもんでも、ほかすわけにはいきませんしね」

中村は慌ててラテックス手袋を塡《は》めて、それを手のひらに受けた。そして、小さなビニール袋に放り込み、言った。

「ちーと、署に電話して、もっぺんヘルパーに話聞きますわ。持病のあるなしを調べんと」

ミチルは頷き、伊月を見た。

「よろしく。じゃ、とにかく気持ちを切り替えて、先入観なしに続けましょう」

「……参りましたね」

それが、解剖を終えた伊月の、総括のような台詞だった。

「参ったんは、君やのうてT署の人らやろ」

そう言ったのは、途中から参戦した都筑教授である。他大学での講義で疲れているのか、さすがに術衣に着替えようとはしなかったが、陽一郎の向かいの椅子に腰掛け、じっと部下たちの働きを見守っていた。

そして、解剖の結果……。

解剖台の上で、清田に綺麗にさらしで包まれつつある遺体が竹光寅蔵その人であることは、歯牙とレントゲンを照合してほぼ確定した。無論、あとで血液検査などを追加し、さらに確認作業を行う必要はあるのだが。

それはともかく、問題は死因だった。

中村がヘルパーに電話で確認したところによると、竹光氏には、これといって深刻な疾病《しっぺい》の履歴はなく、血圧も血糖も正常範囲内で、心機能、呼吸機能も年齢の割には立派なものだと、近所の内科医に太鼓判を押されていたらしい。

実際、心臓や冠状動脈にこれといって急死を来《きた》しそうな所見はなく、脳も、熱変化があるため健常と言い切るのは不可能だが、加齢による萎縮とごく軽度の脳底動脈硬化を除いては、明らかな出血や梗塞《こうそく》、あるいは腫瘍《しゅよう》などは認められなかった。

その一方で、呼吸器系を子細に調べても、気管、気管支粘膜に、煤《すす》の吸引は見られなかった。体内の血液も、一酸化炭素中毒独特の鮮紅色ではなく、どちらかといえば暗赤色をしている。

つまり、生前にこの人物は、火災で生じた一酸化炭素も煤も吸い込んでいないということであり、それが意味することは、やはり先刻の背面の皮膚所見と同じ、火災が起こる前に、彼は死んでいたということである。

しかも、中村警部補に頭を抱えさせたのは、伊月が見つけた頸部《けいぶ》所見……舌骨《ぜっこつ》骨折と、甲状軟骨《こうじょうなんこつ》大角骨折だった。舌根部に、軽度ではあるが出血も見られる。その所見は……。

「頸部を絞窄《こうさく》された可能性がぐーんと上がったっちゅうわけですな」

中村はそう言いつつも、まだ未練がましく遺体のほうを見やった。

「せやけど、頸部皮膚の焼損が酷うて、索溝はわかりませんでしたなあ。目ぇと口の粘膜も、熱凝固で溢血点《いっけつてん》はわかれへん言うてはったし……」

都筑は、四十代半ばにしては脂っ気の抜けすぎた顔に苦笑いを浮かべ、中村の肩を叩いた。

「ま、それでも、このご遺体が何らかの理由で、火災の前に亡くなっとったことはほぼ確実や。その死因については、条件の悪さを言い訳にせずに、手を尽くして調べるべきやろ」

「……は。えらいすんません」

もっともな言葉に、中村は頭を掻いて詫《わ》びる。

「それに、痩せたお年寄りだから、そもそもそういう急死の所見も、若者ほど強くは出ない可能性がありますしね。その反面、軟骨が加齢と共に柔軟性を失っているから、甲状軟骨と舌骨の骨折は、頸部絞窄により起こりやすいわけだし」

ミチルの言葉に、都筑は頷いた。

「舌根部の出血も、頸部に何らかの形で強い圧を加えたことを支持する所見や」

「ほな、検案書は……」

「むろん、(推定)はつけんとアカンやろけど、直接死因は窒息、その原因は頸部圧迫っちゅうんが、今最も考え得ることやな。問題は、傷害発生時刻と、死亡時刻やな。直腸温はこの場合はあんまりあてになれへんし……この人を最後に見たんは、誰でいつや？」

中村は調書をパラパラとめくり、都筑の問いに答えた。

「ヘルパーで、昨日です。いつもはひとりでやってきて、家事をして、食事を作って夕方に帰るんですが、昨日は入浴の日やったんで、他の仕事を終わらせたヘルパーに手伝ってもらって、二人がかりで風呂の世話をして……。竹光氏の家を出たのは、午後六時半頃だったそうです」

「その後は、誰も？」

「ええ。何せ年寄りのやもめ暮らしですからね。友人もほとんど他界しとるでしょうし、ヘルパーに訊《き》いても、家に訪ねてくるような人はないっちゅうことでした」

「そうか。そんときは、特に変わったこととかはなかったんやな」

「何も」

「そうか。せやったら……」

「アバウトですけど、昨日の夜頃（推定）とさせていただいていいですか？」

自分が鑑定医だという意地からか、ミチルは都筑の台詞を奪い取るように、心持ち切り口上でそう言った。飄々《ひょうひょう》としているわりには人の心の機微に敏い都筑は、ぽりぽりと頭を掻いて「あ、すまんな」と詫び、こう付け足した。

「それでええと思うで。ま、とりあえず今んとこ、そう書いとくしかあれへん。焼死疑いで持ってきた遺体が、急に他殺疑いになったんや。僕らもかろうじて採れた血液で可能な限りの検査はするけど、君らもちょっと気合入れて情報集めてもらわんとな」

「は、わかりました。どちらにしても明日から、アパート住人の聞き込みを開始します」

「そうか。ま、頑張ってな。ほな、僕先に上がらしてもらうわ」

そう言って、都筑は片手を上げて挨拶し、解剖室を出て行ってしまった。

それまでかしこまっていた刑事たちは、いっせいにホッと息を吐く。

どちらかといえば小柄でやせっぽちの割に頭部だけ標準サイズなため、どこか写楽《しゃらく》の役者絵のように見える都筑である。顔つきも物腰も温和で、あまり迫力とか威圧感とかいうものには縁のない人物なのだが、それでも仕事に対する真摯な姿勢は、警察関係者や科捜研《かそうけん》の人々、それにもちろん教室の面々の尊敬を得ている。

それでも、ごくたまに見せる厳格な態度のことを思うと、実は常に自制しているだけで、本当は意外に激情家なのかもしれない。

ミチルは検案書のそれぞれの項目を埋めるべく、陽一郎に聞き書きさせており、清田と刑事は新しい極楽袋に全身をさらしで巻き上げた遺体を収め、解剖台の掃除にかかっている。

伊月は、残った仕事……解剖器具の洗浄に取りかかった。向かいの流しでは、筧が黙然とタオルを洗い続けている。

「大変だな、これから」

筧のほうを見ず、ピンセットをスポンジで丁寧に擦りながら伊月が声を掛けると、筧は笑顔でかぶりを振り、小さな声で言った。

「僕は下《した》っ端《ぱ》やから、言われたとおりに走るだけや。大変なんは課長や係長やて。それより、タカちゃん。頼みたいことがあるねんけど」

「ああ?」

伊月はそこでようやく視線を上げる。筧は、無精ヒゲのうっすら浮いた浅黒い顔に、申し訳なさそうな表情を浮かべて言った。

「もしかしたら、今日帰られへんかもやから……悪いねんけど、帰り、寄ったってくれへんかな。ししゃもが腹減らしてるやろし」

伊月は、即座に答えた。

「わかってるって。ちゃんと行くから、心配せずに仕事してろ」

「堪忍な」

幼なじみの励ましに、新人刑事は、ほろりと笑ってみせたのだった。

間奏　飯食う人々　その一

「ああ、すっかり遅くなっちまったな」

その夜、午後十時過ぎ。伊月は、筧のアパートへと急いでいた。

解剖の後かたづけをすべて終えたとき、時刻はすでに午後八時近くになっていた。本当をいえば、すぐさま荷物を抱えて教室を飛び出したかった伊月である。だが、荷物をまとめかけたとき、セミナー室のテーブルで、都筑とミチルが反省会めいた話を始めたので、ひとりさっさと帰るわけにもいかず、半ば真剣、半ば上の空で話に加わっていた。

そしてようやく、食事に行こうかと腰を上げた二人の誘いを辞退し、近くの弁当屋で夕飯を仕入れて、帰途につくことができたというわけなのだった。

筧の住むアパートは、大学から徒歩で二十分ほどの住宅街の中にある。阪急《はんきゅう》電車の沿線を少し離れると、昔ながらの町並みが現れ、それと同時に道は細く、街灯は少なくなっていく。

「うう、さぶさぶ。ちくしょー、冬だなあ」

吹きすさぶ冬の夜風に、伊月はピーコートの襟を立て、両手をポケットに突っ込んで、背中を丸めて歩き続けた。

皆、もう暖かくて心地よい我が家に落ち着いているのだろう、家々には灯りが灯っているが、もう十分ほど、誰ともすれ違わない。吐く息は白く、凍ったアスファルトをブーツの踵《かかと》が打つコツコツという音だけが、周囲に響き渡る。せっかく熱々を買った弁当も、筧家に着く頃にはすっかり冷めてしまいそうだった。

「……あれ？」

暗い夜道を足早に歩き続けていた伊月は、ふと前方に人の気配を感じて足を止めた。

（……何だ、あいつ）

前方に立つ街灯の下で、誰かがしゃがみ込んで地面をじっと見ている。伊月は訝《いぶか》しみながらそちらに向かって歩き出した。近づいてみれば、それはまだ小学生らしき少年である。

「おい、どうした？」

できるだけ穏やかに声を掛けたつもりだったが、背中からいきなり聞こえた男の声に、少年は文字どおり飛び上がった。おそらく、十歳前後……小学四、五年生といったところだろう。体つきも顔もほっそりしていて、いかにも神経質そうな面立《おもだ》ちだった。

確かに、こんな夜更けに夜道で知らない男に声をかけられては怖いだろう。自分の怪しげな見てくれはあっさり棚に上げ、一般論でそう思った伊月は、慌てて両手を振った。

「あ、そんな怖がるなって。俺、ただの通りすがり。家に帰るとこで、ほら、弁当も持ってるだろ。全然怪しくない！」

「…………」

それでも少年は、疑わしげな視線を伊月に向け、いつでも逃げ出せるように体に力を入れている。

「マジで何もしないって。人さらいでも殺人鬼でもねえから。つか、何してんの、こんなとこで。地面に何かあったのか？」

伊月は小柄な少年に威圧感を与えないように、腰を屈めてそう言った。少年はまだ警戒を解《と》かず、それでも細い目を不安げに見張りながら、素直に答えた。

「コンタクト、落としてん」

「ああ？　コンタクトレンズ？　この辺でか？」

少年は、半泣きの顔で頷いた。

「うん。風で目がピリピリして涙が出て、そんで瞬きしたらピンッてコンタクトが飛び出して……」

「あー。なるほど。じゃ、お前が今立ってる辺りだな。あんま動くな、俺も探すの手伝ってやるから」

「……うん」

伊月と少年は、その場にしゃがみ込み、少年が落としたというコンタクトレンズを探し始めた。とはいえ、寒さに震えつつ、弱々しい街灯の光だけを頼りにしているだけに、それは容易な作業ではなかった。視覚だけではおぼつかず、手で地面を撫でてみるが、その指先も、かじかんで感覚がない。

「コンタクトねえ……。お前、年いくつ？」

「十一」

「十一歳でコンタクトかよ！　俺たちんときも、目ぇ悪い小学生はいたけど、みんな眼鏡だったぜ。世の中って知らないとこで進化してんなあ」

伊月は感心したようにそう言う。そんな伊月の態度に少し安心したのか、少年は子供らしい遠慮のない口調で言った。

「お兄ちゃん、若く見えるけどもしかしてオッサンなん？」

「ばーか、俺はまだお兄さんだっつの。それよか、お前のそれ……」

伊月は文句を言おうと顔を上げ、そして少年が斜めがけにしてるバッグに目を留めた。体の割に大きく見えるデニム製のそのバッグには、「V」というアルファベットが、赤文字で大きくプリントされている。そのバッグに、伊月は見覚えがあった。

「それ、JRの駅前の、『ビクトリー塾』のバッグじゃねえ？」

「そうやで」

少年は、熱心に地面に両手を這わせながら頷く。伊月は呆れ顔で腕時計を見た。

「そうやでって、じゃあ今、塾帰りか？　遅くまで勉強すんだな。でも、こんな時刻にひとりで夜道歩いてちゃ、危ねえだろ」

「けっこういつもこんな時間やし。ホンマはママが迎えに来てくれるねんけど、今日は仕事で遅うなるからひとりで帰らなアカンねん」

「へえ。十一歳ってことは、今、五年生か？」

「うん」

「じゃあ、あと一年ちょい、こんな生活が続くのか。今時《いまどき》の小学生は大変だな。……とと、これか！」

再び地面に目を落とした伊月の視界の端に、ささやかだがキラリと光るものが映る。すぐさまそこに手をやった伊月は、指先に貼り付いてきた小さなレンズに歓声を上げた。

「やった、見つけたぞ！」

「ホンマ⁉」

少年も、目を丸くして伊月ににじり寄った。伊月は、少年の手のひらに水色のコンタクトレンズをそっと載せてやった。

「ほら。これだろ？」

「これや！　ありがとう、お兄ちゃん」

少年は嬉しそうな顔で立ち上がった。伊月も、よいしょと腰を上げる。解剖中、長身の彼はずっと上体を屈めていなくてはならない。そのせいで、腰が鈍く痛んだ。

「それ、地面に落ちて汚ぇから、そのまま目に戻すなよ。ティッシュか何かに包んで持っとけ。家、近いのか？」

伊月に言われたとおり、ポケットから出したハンカチにコンタクトレンズを丁寧に包んで手に持ったまま、少年は頷いた。伊月は、少年と弁当を見くらべ、ちらとアパートで待っているしゃものことを考えたが、やはりこう言った。

「じゃあ、送ってってやるよ。ここで会ったのも何かの縁だし、年末は何かと物騒《ぶっそう》だからな」

それは、行きがかりとはいえ、一応大人としての義務感から出た言葉だったのだが、少年のすっかり忘れていた警戒心を呼び覚ますには十分だったらしい。

「ええよ、そんなん！」

固い声音《こわね》でそう言うなり、少年は脱兎《だっと》の如く駆けだした。

「あ、待てよ！　……あーあ」

みるみる遠ざかる小さな背中を見送り、伊月はガックリと肩を落とした。

「恩知らずな奴だなー、せっかくコンタクト見つけてやったのに、あの態度はねえだろうがよ」

舌打ちしつつも、伊月の声音に怒りの色はさほどなかった。確かに自分が彼なら、見知らぬ男に家までついて行くと言われたら断るだろう。

「知らない人に家を教えなくてお利口《りこう》でした、って褒めてやるべきかもだよな」

そう力なく呟き、伊月は再び、今度はややとぼとぼと歩き出したのだった。

そんなわけで、伊月が筧の住まいに到着したのは、十一時近くなってからだった。

原始的な真鍮《しんちゅう》の鍵で解錠し、立て付けの悪い、安っぽい合板の扉を開くと、玄関に毛足の長い猫がちょこんと座っていた。

もはや、生後半年近く経ち、そろそろ子猫とは言い難い大きさに成長したししゃもである。

にゃーん。

玄関先の殺風景な蛍光灯の明かりに、猫の金色の目が光った。

「ごめん。遅くなった」

伊月はとりあえず謝りながら、玄関の扉を閉め、手探りで玄関の灯りをつけた。靴を脱いで家に上がるなり、ししゃもは甘えるように鳴きながら、伊月の足にまとわりついた。最初の頃は、そのせいで何度も転ぶ羽目になった伊月だが、最近ではこのちょっとした障害物にも慣れたものである。

「悪かったって。腹減ったんだろ？　ちょっと途中で、どんくさい小学生に行き会っちまったからさ」

言い訳しつつ、伊月はししゃもをひょいと片手で抱き上げた。手のひらで尻を支え、両前足を肩にかける。不機嫌な猫は、きりきりっと伊月の肩に爪《つめ》を立てた。

「こら、コートが傷《いた》むだろ。もとはといえば、筧の奴が帰れなくなったのがいけないんだからな！」

ふわふわした柔らかな毛の感触を楽しみつつ、伊月はパチパチとあちこちの電気のスイッチを付け、ダイニングキッチンへと大股に入っていった。ししゃもを床に下ろし、まずはキッチンと和室のガスストーブをつける。

室内はしんと冷え切っていて、スリッパを履かない足の裏から、冷気が染《し》みてくるようだった。

次に、伊月は流しでししゃも専用の水入れと餌入れを洗い、新鮮な水を置いてやった。それから、おもむろに食品棚を開け、そこに山積みになっている猫缶を一つ取り出した。

「わかってる。ちょっと待てってて。いたたたたたた！」

伸び上がったししゃもにバリバリとジーンズの脛《すね》を引っかかれて、伊月は悲鳴を上げた。どうやら、姫君は随分と空腹らしい。

「ほら。がつがつ食ったら、またゲーッてなるぞ。ゆっくり食えよ、少なくとも俺は盗《と》らねえから」

そう言いながら、伊月は猫缶の中身をししゃもの餌皿に入れてやった。梅田《うめだ》のロフトでわざわざ伊月が買ってきてやった、陶器の魚形をした器である。

「旨《うま》いか。今日の缶詰は、『焼津《やいづ》のマグロ』らしいぞ。産地指定だってさ、豪勢だよなあ。俺なんか、回転寿司でホントにマグロかどうかわかんねえような赤い切れ端を食ってんのによ」

そう言いながら、伊月は床にしゃがみ、いかにも旨そうに目をつぶって餌を食べるししゃもをしばらく眺めていた。

と、今度は伊月の胃袋が、ぎゅうっと呻き声を上げる。そこでようやく自分も空腹であることを思い出した伊月は、立ち上がり、テーブルの上に置きっぱなしだったビニール袋から弁当を取り出した。

合成樹脂の蓋を開けてみると、案の定、おかずも飯も、ほんのわずかな温《ぬく》もりを残すばかりだった。

「あーあ。こんな寒い日は、あったけーもんが食べたいよな」

仕方なく伊月は、弁当の中身を皿に移し、ラップをかけて電子レンジに入れた。温めている間に、せめてもの「熱いもの」を求めて、インスタント味噌汁を作る。冷蔵庫に入っていた林檎味のチューハイを添えて、伊月は侘びしい夕食を、茶の間使いしている和室の炬燵に運んだ。

ししゃものために、筧はいつも炬燵だけはスイッチをオンにしたままで出かける。おかげで、まだ暖まりきらない室内でも、炬燵に入りさえすれば、とりあえず凍えることはない。

伊月は、見栄えなど欠片《かけら》も考えず一枚の大皿に盛りつけた弁当を、ししゃも顔負けの勢いで食べ始めた。

見かけは細いが、伊月はけっこう大食漢である。みるみるうちに、唐揚げ弁当と、追加で買ってきたポテトサラダとほっけの開きが食べ尽くされていく。

あーん。

魚の匂いを嗅ぎつけたのか、自分の餌を食べ終えたししゃもが、さっきよりはうんと甘えた鳴き声を上げて、和室のほうにやってきた。無遠慮に、伊月の膝……要は炬燵布団の上なのだが……に乗り上げる。

前足を上げ、プレーリードッグのように伸び上がって口元の匂いをふんふんと嗅がれ、伊月はのけぞって渋い顔をした。

「こら！　人間の食い物は、味付けが濃いから猫には駄目だって言ってんだろ！」

にあーん！

「そんな顔しても、そんな可愛い声出しても、駄目なもんは駄目だ！」

伊月は厳しい顔で、人差し指をししゃものピンク色の鼻先に突きつけた。

他のことについては、愛娘《まなむすめ》にデレデレの父親並みに甘い伊月だが、こと食べ物に関してだけは、ししゃもを厳しくしつけている。たまたま書店で見つけて買ってきた『子猫の育て方』という本に、「味付けの濃いものを食べさせると、腎臓を悪くして早死にしやすい」と書いてあったからだ。強烈に心配性の伊月は、それを読んでからというもの、キャットフード以外のものは一切ししゃもに与えないようにしていた。

ふー。

伊月の迫力に押されたのか、ししゃもは偉そうな溜め息をつき、いかにも渋々といった様子で、伊月の膝の上で丸くなった。そのまま、前足を綺麗に舐めて毛繕いを始める。

「よしよし。聞き分けのいい子は偉いぞ」

そう言って、伊月はさっさと夕飯を平らげてしまい、リモコンを取り上げ、テレビをつけた。ちびちびと甘ったるいチューハイを飲みながら、ひととおりチャンネルを送ってみる。

ドラマは毎回見られるほど暇ではないので、ストーリーがまったくわからない。バラエティを見るには、くたびれすぎている。仕方なく伊月は、ニュース番組の一つにチャンネルを固定した。

不穏な国際情勢、火の車の財政問題、陰惨な一家殺害事件、それに幼児虐待……。あまりにも気の鬱《ふさ》ぐニュースのオンパレードに、天気予報のコーナーになった途端、伊月は我知らずホッとして、肩の力を抜いた。

「……明日は晴れだってよ、ししゃも」

なー？

もの言いたげな上目遣いで、ししゃもは伊月を見上げる。伊月は、その小さな頭を指先で撫で、ふっと笑った。

「ちゃんと泊まって、明日はお前に朝飯食わせてから出かけるよ。筧の奴、明日も帰れるかどうかわかったもんじゃねえし、俺だって、こんな時間から家に帰る気にはならねえもん」

それを聞いて安心したように、ししゃもは長くてふさふさの尻尾《しっぽ》に鼻を埋《うず》め、綺麗なドーナツ形に丸くなった。

「何だかなあ。お前、俺の言うことがどこまでわかってんのかね」

大真面目に猫に向かって話しかけている自分が滑稽で、伊月は苦笑いを浮かべる。

それでも、膝の上の優しい温もりは、昼間の解剖でどこか荒んでいた心を確かに和らげてくれた。コンパニオン・アニマルとはよく言ったものである。

「……不思議だよなあ、ししゃも。何で、連続動物殺害事件なんてもんが起こるんだろうな」

まるで、これでは人間関係構築に問題のある「さびしい人」のようだと思いながら、伊月はししゃもに語りかけた。

ししゃもは、薄目を開けて伊月を見たが、すぐに目を閉じてしまう。腹がくちくなって、眠いのだろう。

「もちろん、世界中の奴が猫好き……つか動物好きってわけじゃないだろうけどさ。だからっていって、嫌いだから見境なく殺していいってことにはならねえもんな」

ししゃもは、長い尻尾の先だけを器用にぱたぱたと動かし、伊月の腿《もも》を打った。どうやら、相づちのつもりらしい。

「俺にはわかんねえな。動物を殺して喜ぶとか楽しむとかいう気持ちなんてのは」

そう呟いて、伊月は膝にししゃもを載せたまま、バタンと後ろに倒れ、横になった。両手を頭の下に敷く。

「ふわあ……」

頭上にある蛍光灯の白々とした光が目に染み、欠伸と相まって涙が出てくる。伊月はギュッと目を閉じた。寝場所が広くなったしたしゃもは、嬉々《きき》として伊月の削《そ》げた腹の上で長くなる。

(ホントは、布団で寝なきゃなんだけどな……)

部屋の主である筧兼継がここにいたら、きっと布団に入れとうるさく小言を言ったことだろう。だが、せっかく心地よく暖まった部屋を離れ、寒々しい隣の洋室へ行く気にはなれない。押し入れに寝具が一応入っているのだが、わざわざ炬燵から出て布団を敷く気力もなかった。

(筧……。今頃まだ、仕事で走り回ってんだろうなあ。俺たちは解剖が終わったらひと仕事終わりだけど、あいつら警察は、そっからまた新たに捜査を始めなきゃいけないんだもんな。大変だ)

タフで頑張り屋で決して弱音を吐かない幼なじみの苦労を思い、自分の怠惰《たいだ》をささやかに諌《いさ》め……それでもやはり炬燵から這い出すことはせず、伊月は腹の上に伸びきったしたしゃもを布団代わりにして、目を閉じた。

二章　聞こえても届かないふり

翌朝、伊月はししゃもに朝ご飯を食べさせてから、筧のアパートを出た。

筧は結局、帰ってこなかった。どうやら今日帰れるかどうかも微妙なところらしく、ししゃものためにカリカリを多めに入れていってやってくれというメッセージが、ちょうど伊月が起きなくてはならない時刻にスマートホンに届いた。

おそらく、伊月が寝過ごさないよう、念のためモーニングコールも兼ねて送ってきたのだろう。

伊月が向かった先は、Ｏ医科大学ではなく、ＪＲの最寄駅だった。今日は金曜日、週に一度、伊月が兵庫県監察医務室に「修業」に行く日なのである。

修業先での彼の師匠は、龍村泰彦《たつむらやすひこ》という。現在、兵庫県の常勤監察医を務めている龍村の出身大学は、兵庫県のＨ医大である。Ｈ医大の織田《おだ》教授と都筑教授が懇意である関係で、伊月を龍村に預ける話がまとまったらしい。

そもそも、解剖数だけで考えれば、O医大の法医学教室が一年にこなす司法解剖の数は、全国でも指折りの多さである。

それなのに、何故都筑が織田教授と龍村に頭を下げてまで伊月を託したかといえば、ひとつには「異状死体ではあるが犯罪性はないと考えられる症例」について政令指定都市でのみ行われる行政解剖を、伊月に経験させようと考えたからであった。

どうしても、犯罪が絡む可能性が高い司法解剖においては、外因死の症例が大半を占めてしまう。

それに対して行政解剖の対象は、誰にも死の瞬間を看取《みと》ってもらえなかったというだけの病死者や、自殺者が多い。したがって死因も、解剖のコツも、司法解剖とは大いに性質を異にするのである。

それに加えて、基本的な手法と目的は同じとはいえ、解剖というのは一種の職人仕事である。執刀医ごとにやり方は少しずつ違うし、独特のテクニックを持つ者もいる。

自分が、学生時代からO医大を出ることなく教授にまで上り詰めたという、ある意味幸運を煮染《にし》めたような経歴の持ち主なだけに、都筑は、伊月には他大学の医師の解剖を経験し、見聞を広め、腕を磨いてほしいと願っているのだろう。

そしてもう一つ、伊月を龍村のもとに送り出した理由が都筑にはあった。

実は、O医大法医学教室は、解剖室こそまさしく年代物で設備のほとんどが古いものをそのまま使っているのだが、その分、ソフト面……すなわちマンパワーは充実している。

技師の清田や陽一郎が、解剖中は補助員として、あるいはシュライバーとして、執刀医を極めて熱心にサポートしてくれる。

なまじの医師よりずっと多くの解剖を見守り、手伝ってきた清田のアドバイスは、新米医師の伊月にはずいぶん心強いであろうし、今や筆記はお手の物の陽一郎も、伊月が所見を言い忘れていることに気づくと、さりげなく質問を投げかけて助ける。

解剖中に足りない器具があれば、すぐに清田が取ってきてくれるし、解剖には欠かせないタオルも、汚れればすぐに誰かが洗って、きれいに絞って差し出してくれる。

それらすべてが当たり前になってしまっている伊月に、これは非常に恵まれた環境であることに気づいてほしい……それも、都筑が密かに思ったことだった。

実をいえば、ミチルも月に数回、兵庫県監察医務室に非常勤監察医として出張している。だが、つい末っ子の伊月を甘やかして……というかあれこれ世話を焼きすぎてしまうミチルの性格を見越した都筑は、敢えてミチルの当番の日ではなく、仕事に関してはかなり厳しい龍村に、伊月を託したのだった。

(はー……今日も絞られんだろうなあ。暇なのはやだけど、あんまり忙しすぎねえといいな。忙しくなると、俺、要領悪いから、オタオタしちまって余計手際が悪くなっちまうんだよな)

電車の窓から外を眺め、伊月はそんなことを思った。

いかにも今時の若者らしい外見に似合わず、伊月は相当に生真面目なたちである。しかも、口では怠《だる》いの疲れたのとすぐに不平を言うが、本当は根っからの負けず嫌いなのだ。

そんな伊月だけに、最初こそ居丈高《いたけだか》で不親切な龍村の態度に戸惑い、憤慨したものの、やがて彼の解剖に対する真摯な姿勢と、神業のような解剖手腕に触れ、少しずつ当初の悪印象を払拭しつつあった。

まるで学生時代のように人前で糞味噌《くそみそ》に罵《ののし》られるのには閉口するし、せっかく作った書類をビリビリに破られて頭に血が上ることもあるが、あとで冷静になってみると、そんなときはいつも必ず、伊月のほうに確かな落ち度があるのだった。

とはいえ、やはりいつもいつも怒られっぱなしでは体裁が悪いし、何より伊月自身が悔しい。今日こそは頑張って上手くやろうと意気込んで出かけては、こてんぱんにやられてすごすご帰る……それが、秋からずっと金曜日ごとにほぼ毎週繰り返されているのである。

伊月が、K大学医学部に間借《まが》りしている兵庫県監察医務室に到着したのは、午前九時過ぎだった。

「お……おはようさんですっ」

息せき切って駆け込んできた伊月を見て、事務員の田中《たなか》は、ちょっとビックリしたように、半ばずり落ちた老眼鏡の奥の目を見張った。

「あらあら先生、おはようございます。何や、授業に遅刻した小学生みたいに慌てて、お若いですねえ」

すでに還暦を過ぎて久しい田中は、いかにもお母ちゃん然とした落ち着いた雰囲気の、それでいて快活な女性である。

突然の身内の死と解剖という二重のショックを受けた遺族たちを迎え入れ、事務的な手続きについて説明するという困難な仕事を淡々とこなす、実は監察医務室でもっとも頼もしい人物でもあった。

伊月は、乱れた息を整え、うっすら汗の滲んだ額を手の甲で拭った。

今朝は筧のモーニングコールのおかげで、かなり時間的に余裕を持ってアパートを出たはずだった。それなのに、信号事故とやらで、伊月の乗る電車が二十分も途中で停止してしまったのだ。

解剖が始まるのは午前九時半だが、三十分前には来て書類に目を通せというのが、龍村の伊月に対する最初の教えだった。それで伊月は、電車を降りてから、上り坂をずっと駆け通しでここまで来たのである。

「だってさ……九時過ぎちまったし、また龍村先生にどやされると思って、俺、必死で来たんですよ」

伊月は、奥の部屋にいるはずの龍村をはばかり、ヒソヒソ声で田中に耳打ちした。だが、田中は「それがね、先生」と肉付きのいい顔に悪戯《いたずら》っぽい笑みを浮かべて言った。

「青天の霹靂《へきれき》言うんですかね、今朝はまだ来てはりませんのんよ、龍村先生」

「えええ!?」

伊月は思わず大きな声を上げてしまった。自宅がそれなりに近いせいもあるが、龍村はいつも九時前に医務室に到着している。伊月が来る頃にはとっくに術衣に着替え、ソファーでコーヒーを飲みながら書類に目を通していたり、保険会社からの質問状に回答を書き込んでいるのが常だった。

「嘘、何で今日に限って遅いんだよ。……つか、今日はまだ解剖入ってないんですか？　珍しいな」

伊月は、壁に掛けられた黒板を見やった。いつもは朝から五、六件の解剖予定が書き込まれているそこが、今日はまだ空白のままである。田中は、老眼鏡を机に置いて立ち上がった。

「そうですねん。珍しいことは重なるもんで、今日は久しぶりに平和な朝ですわあ。さ、コーヒー淹れましょね。先生、今朝は早う着替えて、大いばりで龍村先生をお迎えできますやん」

コロコロと笑って、田中は奥の準備室の狭いスペースに置かれたガスコンロに薬罐《やかん》を置いた。

「ホントですよ。あー、しかし走って消耗して損した。おまけに昨夜炬燵で寝ちまって、あっちこっち関節がギシギシいうし、ちょっと風邪っぽい」

「あらあら、大丈夫ですか」

「鼻が詰まって、喉がイガイガすんですよ。うがい薬でも買って帰らなきゃな」

そう言いながら、伊月は控え室に入り、ロッカーの一つを開けた。細いロッカーはミチルと共有なので、二人分のケーシーがハンガーにぶら下がっている。二人ともあまり片づけには熱心でないので、その下にはTシャツだのジャンパーだのが、ぐしゃぐしゃに積み上がってしまっていた。

伊月が着替え終わり、田中が淹れてくれた苦いコーヒーを飲む段になっても、龍村は現れなかった。伊月は、さすがに奇妙に思って田中に訊《たず》ねてみた。

「それにしても、龍村先生、どうしたんでしょうね。遅れるって連絡あったとき、何か言ってました？」

同じく暇を持て余し、伊月の向かいのソファーに腰を下ろして、田中も首を傾《かし》げた。

「それがねえ、途中で通話切れかけたりしとったから、あれ、スマホからかけてきはったんやと思うんですよ」

「じゃあ、家は出てたんだ？」

「たぶんねえ。せやけど、あの豪傑が、今朝はどっか慌ててはりましたよ。えらい上擦った声で、『ちょっと不測の事態が発生したんだ。どうにも身動きが取れん。伊月先生には、悪いが待っていてもらってくれ』って。今朝はまだ解剖入ってへん言うたら、えらい安心してはりましたけど……」

伊月は、薄い唇をへの字に曲げた。

「あの龍村先生が、慌ててた？　ありえねえな」

「私も初めてですわ。どないしはったんでしょうねえ。まあ、具合が悪いわけではないみたいでしたけど」

田中は頬に手を当て、ちょっと心配そうに溜め息をついた。しばらくうーんと腕組みして考え込んでいた伊月は、あ！　とまた大きな声を出す。

「もしかして！　龍村先生、たいてい車でここまで来るんでしたよね」

「ええ、それが？」

「途中で、人轢《ひ》いたとか！　そんで慌てて救急車呼んで病院行ってるとか、そんなことは……」

「ま、まさか！　龍村先生は、慎重な方ですもん。そんな滅多《めった》なこと……」

「わかんないっすよー。運転者のミスだけじゃないですからね、事故の原因は。どうにも避けられない災難っつーのもあるし」

「そんな。伊月先生ったら、縁起でもないこと言わはって」

田中は心底心配そうに眉を顰《ひそ》める。伊月はさすがに申し訳ない気分になり、ぺこりと頭を下げた。

「すいません、けど、あの龍村先生が『不測の事態』っていうくらいだから、よっぽどのことだろうと思って」

「それもそうですわねえ。ああ、ホンマにどないしはったんやろ。もう十時になりますし、龍村先生のスマホに、ちょっとかけてみましょか」

そう言って田中が立ち上がったとき、監察医務室の扉が開いた。つり下げてある誰かのスイス土産のカウベルが、ごろんごろんと鈍い音を立てる。

伊月と田中は、思わず前後ろになって準備室から顔を覗かせた。期待どおり、そこに立っていたのは、噂の龍村その人だった。

まだ三十代前半の龍村は、水木《みずき》しげるの描く「ぬりかべ」を思わせるがっちりした巨体を誇っている。弁当箱のように四角い顔の中に配置されている太い眉も鼻も大きな口も、すべてが直線的だった。

黒いトレンチコートを着込んだ龍村は、大きな背中を折り曲げるようにして二人に詫びた。

「すまんな。すっかり遅くなってしまった。解剖が珍しく入っていないのが、不幸中の幸いだったが」

豊かなバリトンでそう言い、龍村はきまり悪そうな仏頂面で、短く刈り込んだ髪をばりばりと掻いた。

田中は、ようやくホッとした顔つきで、しかし咎《とが》めるような口調で龍村を迎えた。

「もう先生、どないしはりましたん。何かとんでもないことがあったん違うかと思って、伊月先生とえらい心配してたんですよ」

「ホントっすよ。交通事故でも起こしたんじゃないかって言ってたとこです」

「……道理でくしゃみが出たはずだ。そんな深刻な事件じゃなかったんだが、どうにも不測の事態でな」

「ですから、その不測の事態って何ですのん。詳しく教えてくれはらへんかったから、気ぃ揉みましたわ」

「これだよ」

そう言って、龍村はちょっとおどけた表情で、ずっと下ろしっぱなしだった左腕を持ち上げた。それまで事務机に隠されて見えなかったその手には、何と鳥籠が提がっていた。

典型的な四角い鳥籠の中には、黄色い小鳥が一羽入っている。龍村は、鳥籠を提げたまま、奥の部屋に入っていった。田中と伊月は、それについていく。

ローテーブルに鳥籠を置き、龍村はさっそく鳥籠の中から水入れを取りだした。そして、浄水器の水をたっぷりと入れ、鳥籠に戻してやる。

伊月と田中は顔を見合わせた。口を開いたのは、伊月である。

「と……鳥っすか、不測の事態って」

「ああ」

龍村はトレンチコートを脱いでソファーにどっかと腰を下ろした。いつものように即座に着替えようとはせず、「参ったよ」とうんざりした顔で目の前の鳥籠を見やる。

伊月も向かいのソファーに腰掛け、鳥籠を覗き込んだ。

止まり木の中央あたりにちょこんととまっている小鳥は、どうやらセキセイインコらしかった。体の色はほとんどレモン色で、両翼と目の下、それに尾羽《おは》に黒い羽根が混ざっている。よく見ると、ほっぺたのあたりがほんの少し白く、腹の羽根は鮮やかな黄緑色だった。見たところ、ごくありふれたタイプの個体である。ただ、軽そうなバンドで翼を胴体に固定し、羽ばたけなくしてあるのが唯一奇妙な点だ。

おそらく、龍村の車に乗せられてきたのだろう。少し酔ったのか、インコは眠そうな目をして、心持ち羽根を膨らませていた。

龍村のためにコーヒーを淹れつつ、田中は不思議そうに問いかけた。

「せやけど先生、どないしはりましたの、いきなりそんなインコちゃんなんて連れてきはって。その鳥、何か特別なんですか？」

「知るものか」

ぶっきらぼうに言ってから、龍村は片頰だけでくたびれたように笑い、本棚の向こうにいるはずの田中と、向かいで狐《きつね》につままれたような顔をしている伊月に、事情を説明した。

「田中さんには、以前に話したことがあったでしょう。僕は朝起きたら、よっぽどの暴風雨じゃない限り走ることにしていると」

「ああ、ジョギングでしょ。先生、解剖だけでも大変やのに、朝からえらいお元気なことって思ってましたよ。それがどないかしはったんですか？」

愛想の欠片もないスチールの本棚の向こうから、田中が声を張り上げる。龍村は、今度は伊月のほうを見て言った。

「どうしても、年と共に体が鈍るんでな。毎朝三十分ほど、近所の公園まで走ることにしているんだ」

「……はあ」

伊月は、だから何だと突っ込むわけにもいかず、おとなしく頷く。龍村は、小さく肩を竦めてこう続けた。

「そこで、野良猫にまさに食われようとしていたこいつを見つけた。地面にうずくまって動かないもんだから、とりあえず猫のほうを追い払ったんだ。で、近づいてみても逃げないから、思い切ってそっと両手で包んで持ち上げてみたんだが……それでもピクリとも動かなかった」

「猫に追っかけられて、ビビりたおしてたのかな。でも、鳥なんだから逃げりゃいいのに」

「それが、近くで見ると、右の翼の付け根を怪我しているようでな。見るからにだらりとしていた。おそらく、どこかの家から逃げ出したものの寒さと飢えで動けなくなったところを、猫に襲撃されたんだろう」

「あらー。それやったら、先生が通りかからんかったら、危機一髪でしたねえ、この鳥。はい、コーヒーどうぞ」

田中はそう言いながら、龍村の前、鳥籠から少し離してコーヒーカップを置いた。香ばしいコーヒーの匂いが、再び室内に漂う。

伊月は身を乗り出して鳥籠を覗き込み、疲労困憊《こんぱい》しているらしき小鳥をしげしげと眺めた。

「怪我してんのか、お前……。じゃあ、龍村先生……」

龍村は、熱いコーヒーをブラックのまま吹いて啜ってから頷いた。

「ああ。とにかく、放っておくわけにもいかんからな。そのまま家に持って帰ってきたんだが、そこで途方に暮れてしまった」

「もしかして、龍村先生が手当てを？」

「まさか。小鳥の外傷処置なんざどうしていいかわからんし、翼を触ると暴れてよけいに弱らせてしまいそうだろう。だいいち、こんな小さな体だ。ちょっと力を入れすぎると握り潰《つぶ》してしまいそうで、気が気じゃない」

大真面目な顔でそう言って、龍村は自分のグローブのように肉厚で大きな手のひらを、伊月にかざしてみせる。

「これはお手上げだと、とりあえず近くの獣医を叩き起こして診てもらった。翼の傷は、骨折しているらしくてな。元どおり自由に飛べるようになるかどうかは保証できんと言われたが、とにかく翼を固定して、安静にさせて様子を見ることになった」

伊月は感心したように唸る。

「へえ。じゃあこれ、小鳥のギプスってわけですか」

「ああ。骨折も、あまり酷い場合は翼を切り落とす処置が必要だそうだ。そうならなくて、こいつは不幸中の幸いだったな」

翼を切り落とすと聞いて、伊月はいかにも嫌そうに眉を顰めた。

「この程度で済んで、マジよかったっすよ。でも、寒さにやられて風邪とか引いてないんですかね」

「とりあえず、それは大丈夫だそうだが、とにかくかなりストレスがかかった状態だろうから、休ませてやれと言われてな。しかしそう言われても、餌もなければ籠もない。それで……」

プルルルル！

龍村がそこまで語ったところで、事務室の電話が鳴った。田中はいそいそと準備室を出て行く。それを見送って、龍村は話を続けた。

「それで、仕方なく今度は電話帳を見てペットショップに電話をかけまくったわけだ。で、うっかり受話器を取った店にねじ込んで、無理矢理開けさせた」

「うわ。酷《ひで》ぇなあ」

「仕方あるまい。いつまでも、怪我をした小鳥を持ってウロウロしているわけにはいかんのだから。店に行く途中で、これは確実に遅刻だと、とりあえず田中さんに電話したんだ。もし、お前がもう少し頼りになる男なら……せめて伏野の半分くらい使えるなら、代わりに解剖を始めておいてくれと頼んだんだがな」

チクリと嫌味を言われ、伊月は膨れっ面で鳥籠から視線を龍村に移した。

「俺、見習い始めてまだ二ヵ月にもならないんですから、無茶言わないでくださいよ。……で、鳥籠と餌をゲットしたわけですか。でもこの鳥、どうすんですか？　たぶん、飼い主がうっかり逃がしちゃったんだろうけど」

龍村は、渋い顔で頷き、腕組みした。

「ああ。一応獣医のすすめで、地元の交番と保健所には知らせておいた。だが、何しろ鳥だからな……」

「どのくらいの距離を飛んできたやら、わかんないっすよね」

「うむ。ま、これも何かの縁だ。飼い主が見つからなければ僕が面倒を見るつもりだが……しかし、できることなら、飼い主の許《もと》へ返してやりたいもんだ」

「ですよね。とりあえず、ちょっと弱ってるみたいだから、元気になるといいな……って、田中さん？　解剖入ったんすか？」

鳥籠を両側から覗き込み、真剣な面持ちで話している男二人に気兼ねして、戻ってきた田中はもじもじとソファーのそばで立ちつくしている。それに気づいた伊月は、田中に声を掛けた。田中はホッとした顔つきでこう言った。

「いいえ、解剖やのうて、検案。何や、自殺やと思うんですけど、ご遺体に損傷があるから、とりあえず現場に見に来てくださいて言うてます」

「どこの署だ？」

龍村は、すぐさま仕事の時の厳しい顔つきになり、立ち上がった。セーターを脱ぎ捨て、術衣に着替え始める。

「S署です」

「だったら、僕の車で行くと所轄に電話してくれ。現場の地図をＦＡＸするようにと」

「わかりました。地図はもう来てますわ」

「何だ、最初から自分で来させる腹づもりか。まあ、どこも人手不足だからな。伊月、検案セットを頼む」

「了解っす」

田中と伊月は、連れだって事務室に戻った。田中は所轄署に電話をかけ、伊月は事務机の下から、大きなアルミ製のアタッシュケースを引きずり出す。

古ぼけた実用一辺倒のそれを開けると、伊月はそこに、まずはクリップつきのボードと、検案書の書類を入れた。それから、筆記用具と龍村の印鑑をその上に置く。もちろん、三十センチの定規も忘れない。これだけあれば、現場で検案書を作成することができる。

そして、勿論検案に必要な道具も、揃えて入れる。ピンセットは鉤《かぎ》つきと鉤なしのものを二本ずつ、あとはペンライトと歯科用ミラー、それに写真撮影用のスケールをボックスに詰め込んだ。メモ帳と、損傷を書き込むための人体図も隙間に差し込む。

あとは、デジタルカメラとフィルムカメラ、それにラテックスの手袋を入れて、準備は完了である。

伊月は、すっかり支度が調ったアタッシュケースを持ち、奥の部屋に運んだ。

龍村は、緑色の術衣に着替え、その上から長い白衣を着込んでいた。体育会系な外見と性格にもかかわらず、龍村はかなりお洒落なたちである。ただそのファッションセンスは伊月のそれとはかなり違って、どちらかといえばフォーマルでありながら派手なものを好むようだった。ソファーの上に脱ぎ散らかされたスーツはストライプのダブル、ワイシャツは鮮やかなオレンジ色で、どちらもいったいどこで探してくるのかと首を傾げたくなる代物だ。

「準備できました」

伊月が声を掛けると、龍村は頷き、鳥籠に昼寝用のブランケットをふわりと掛けた。

「こうしておけば、少しは落ち着くだろう。さて、行くか」

「はいっ」

伊月も白衣とアタッシュケースを手に、のしのしと大股に準備室を出て行く龍村の後を追った……。

＊　＊

ものの三十分ほどで、二人はS区のとある住宅街に到着した。目指す検案現場は、瀟洒《しょうしゃ》なマンションの一室である。マンション前の通りにパトカーが停《と》まっていたので、場所はすぐにわかった。

龍村はパトカーのすぐ後ろに車を停め、二人は送ってきたＦＡＸに従い、そのマンションの五階に向かった。

問題の部屋の前には、制服警官が見張りに立っており、住人たちが遠巻きに見物している。

「監察医の龍村です」

龍村がそう名乗ると、制服警官はすぐに玄関の扉を開いた。

「遅くなりました……お、おうっ？」

玄関先で中にいるはずの刑事に声をかけようとした龍村は、突然細い廊下を走ってきた大きな茶色い塊に、驚きの声を上げた。

「うわッ！　で、でか……！　わーっ！」

伊月も、その塊に体当たりされて、驚きの声と共に尻餅をついてしまった。だが、その顔に恐怖感はない。何故ならそれは、大きな犬であったからだ。

どうやら雑種らしいその犬は、短い毛に、ピンと立った小さめの耳、それに黒くてつぶらな目をしていた。人なつっこいたちらしく、三和土《たたき》に座り込んだ伊月に乗り上げ、ピチャピチャとその顔を舐め回す。

「おい、やめろって。何だよお前。これじゃ、全然番犬にならないじゃねえかよ」

元来動物好きの伊月は、文句を言いつつも思いがけない歓迎に大喜びで、犬の頭やよく締まった胴体を撫でてやる。龍村も、苦笑いで伊月を見下ろした。

「やけに好かれているな。犬好きか」

「好きっすよ。うちじゃ飼えなかったですけど、隣の犬と仲良しだったりしましたから」

伊月が答えたとき、右手の扉が開き、スーツ姿の中年男性が慌ただしく廊下を歩いてきた。

「や、こりゃ龍村先生、わざわざお越しを願って、申し訳ありませんでした。とと、そちらは……？」

小柄で、どこかインテリ然とした銀縁眼鏡のその男は、龍村には丁重に挨拶し、それから犬と座り込んでじゃれているように見える伊月を、訝しげに見た。

龍村は、肩を竦めて簡潔に答えた。

「見習い監察医ですよ。O医大法医学の、伊月先生です。現場を見るのも勉強のうちなので、僕の補佐として連れてきました」

男は、ああなるほどと言い、しかしどこか気まずげな顔をした。

「そちらの先生も、どうもお手数おかけします。検視官の柳瀬《やなせ》です。よろしくお願いします。ところで、あのう、その犬……」

「ここの住人の飼い犬ですか？」

龍村が訊ねると、柳瀬検視官は顰めっ面とも何ともつかない複雑な面持ちで頷いた。

「はあ、そうなんです。ここは今流行《はやり》の、ペットOKのマンションですわ。あの、若先生、あんまり舐め回させたりせえへんほうがええと思いますけどね……その、何ちゅうか……」

心配そうに言われ、伊月は屈託なく笑って立ち上がった。まだじゃれつこうとする犬を窘《たしな》めるように、大きな頭をポンポンと軽く叩いて落ち着かせる。

「平気ですよ、俺、犬すげえ好きだから。……とと、でも仕事っすよね。わかってますって。ほら、お前と遊んでる場合じゃねえんだよ、あっち行ってな」

どうやら飼い主によくしつけられているらしく、犬は名残惜しそうに尻尾を振りつつ、リビングのほうへ去っていった。

「ほな先生方、こちらへ。現場は寝室なんで、そこでご説明しますわ」

検視官はそう言って、二人を促す。まず龍村が寝室に入った。その大きな背中に視界のほとんどを塞がれつつ、アタッシュケースを提げた伊月も寝室へ一歩踏み込み……そして顔を顰めた。エアコンが効いた寝室内は暖かく、強い腐臭が漂っていたのである。

八畳ほどの寝室には、セミダブルのベッドが一つ置かれていた。淡いピンクの、いかにも女性らしいベッドカバーがきちんと被せられている。

ベッドサイドのテーブルには目覚まし時計と小さなスタンドが置かれ、床は艶《つや》やかなフローリングである。クローゼットは作りつけの真っ白なもので、壁も白く塗られていた。カーテンはベッドカバーに合わせてピンク色で、いかにも女性らしい部屋のしつらえである。

そんな部屋の片隅……天井の物置に続く小さな四角い扉の取っ手に紐を掛け、おそらくはこの部屋の主なのであろう女性が、首を吊《つ》って死んでいた。

吊って……といっても、一般人が想像する首吊りのように、全身が宙に浮き、つま先がブラブラしているという状態ではない。裸足《はだし》のつま先は床に着いており、膝は少し曲がった状態だった。

「うわっ！」

その姿を見た伊月は、ビックリして思わず声を上げてしまった。

「これは……酷いな」

龍村も、珍しく声に素直な驚きを滲ませる。

新米ドクターの伊月は、つい最近まで首吊り、つまり縊頸《いけい》にそんなに多くのバリエーションがあるとは知るよしもなかった。法医学教室ではあまり自殺症例は取り扱わないので、監察医務室に出入りするようになってから、縊頸死体を月に何例か見るようになり、ようやく実情がわかるようになってきたのだ。

それまでの伊月は、縊頸といえば頸部の正中に力がかかるようにまっすぐ首を吊り、地面から足が完全に離れている、いわゆる定型的縊頸ばかりだと思っていた。地面に足が着かないため、たとえ本人が後悔してやめようとしたとしても決して中断することができない、そんなパターンがほとんどだと思っていたのである。

だが、実際には、一見、いつでもその気になれば縊頸を中断できるような、床や地面や階段に足がついた……すなわち非定型的縊頸の状態であることが、意外なほど多い。極端な例では、床から十五センチほどの高さにある引き出しの取っ手に紐を括《くく》りつけ、寝た姿勢で縊死している症例すらあった。

「どうして、こんな座り込んだ姿勢で死ねちゃうんだろ。やっぱ、根性で頑張るのかなあ……」

とある縊頸現場の検案で呟いた伊月に、龍村は何も言わなかった。ただ、医務室に戻ってから、本棚のファイルを漁《あさ》り、古い文献を見せてくれた。

「これは、古い海外の文献を引用した論文なんだが……その元の文献は、もう見つからないくらい古いものだ。かいつまんでいえば、昔、とある学者が、縊頸した瞬間から、どういう現象が人間に生じるかを調べようとした。その結果を記したものらしい」

「へえ。それって、どうやって調べたんです？」

伊月の素朴な問いかけに、龍村は厳《いか》つい顔を歪めるようにして苦笑した。

「まあ詳しくはこいつをコピーして帰って、暇なときに読めばいい。だが、大まかなところを教えると、要は自分が縊頸して、その時間的経過を、すぐ近くで助手に観察させることにしたんだ。客観的なデータは助手が、主観的なデータは自分が採取するという仕組みだな。勿論、いよいよ限界というところで合図をするから、そうしたらすぐに下ろせという取り決めでな」

「それで、どうなったんですか？」

興味津々で問いを重ねる伊月に、龍村は苦笑いで言った。

「いざ縊頸実験が始まってみると、首を吊っている師匠はぴくりとも動かない。最初は一心に時計を見ながら顔面紅潮だの何だのとデータをとっていた弟子も、あまりにも合図が遅いので、心配になってきた。それでも師匠は、下ろしてくれという合図をしない。思いあまって、弟子は独断で師匠を床に下ろした。……すると……」

「すると？」

「師匠は気絶していたのさ。それこそ、縊頸開始とほぼ同時にな」

「うわ……、それ、やばいじゃないですか」

「ああ。椎骨《ついこつ》動脈と内頸動脈の血行が途絶したために、脳血流量が瞬時に激減し、下ろせと合図をする暇もなく意識消失してしまったんだな。弟子が気を利かせなければ、危うく命を落とすところだったわけだ。おそらく、本人は主観的データをとるどころか、何が起こったかもわからなかっただろう」

「それじゃ、首の吊り損じゃないっすか。あやうく公開自殺になるところだったんだ」

「そうだな。彼の場合は、おそらく定型的縊頸を試みただろうから、意識消失は驚くほど速やかに起こったことだろう。……非定型的縊頸の場合は、定型的縊頸に比べれば、体重の掛かり方が弱かったり左右非対称だったりするせいで、椎骨動脈の閉塞は不完全なことが多い。それでもこうして人は自殺を完遂《かんすい》できるということは……やはり、かなり早い時点で意識消失が起こると考えるのが妥当なんだろうな」

「なるほど。……ああそうか、思い出しましたよ。他にも頸動脈小体を圧迫したせいで、反射的に心拍停止が起こる可能性があるとか、講義で聞いたことがあったような気が。そっか、結果は同じ死でも、その経過にはいろいろあるんですよね」

「ああ。ただ現場を見るだけでなく、そうやって見たことがらからあれこれ考察してみるのはいいことだ。僕も、久々に古い文献を読み返してみよう」

そう言って、龍村は珍しく伊月の不勉強を叱りもせず、どこか楽しげにそう言ったのだった……。

そんなわけで、今、龍村と伊月を驚かせたのは、その女性の縊頸姿勢ではなかった。問題は、遺体の状態だったのである。

「この部屋に一人暮らししている、若松優美《わかまつゆみ》、三十二歳です。……その、酷いもんですやろ」

そう言って、検視官も遺体を見て神経質そうな眉を顰めた。彼が合図すると、遺体の周囲で作業していた刑事や鑑識が、三人のためにさっと場所を空ける。

女性の遺体は寝間着姿で、すでに腐敗がある程度進んでいた。だらりと下がった腕の、パジャマの袖から見える細い前腕部には、赤黒く腐敗網が浮かび上がっている。

腐敗網とは、血液の色素が血管外に染みだしたもので、皮静脈《ひじょうみゃく》の走行に沿って、樹枝《じゅし》状《じょう》に変色が見られる。おそらく、体の他の部分にも、皮膚の変色や腐敗網が広がっていることだろう。

だが、死体には、腐敗以外にもっと顕著な所見が認められた。それこそが、最初に医務室に事件を知らせる電話で告げられていた、遺体の損傷だった。

女性のパジャマのズボンは裾のほうがビリビリとちぎれ、床に散乱していた。そして、彼女のふくらはぎからつま先にかけては、皮膚と軟部組織、それに筋肉がほとんどすべて失われ、白い骨が露《あらわ》になっている。それらは鋭利な刃物で切除されたわけではなく、創口《きずぐち》は極めて不整で、まるで鉄の熊手で掻き取ったように見えた。

皮膚や筋肉の細片は床の上に散らばり、床に滴った血液が、ところどころにべっとりと赤黒い染みを作っている。

「何で……縊頸死体にこんなことが？」

呆然と呟く伊月をよそに、龍村は検視官が差し出したラテックスの薄い手袋を塡め、遺体に近づいた。その無言の圧力に促され、伊月は慌ててアタッシュケースを開き、ピンセットを龍村に手渡した。自分も、柳瀬検視官から手袋を受け取って両手に塡める。

「写真は？」

検視官は、自分も手袋をしながら答える。

「すみました。もう触ってもろて結構です。それにしても、えらいことやられてますやろ」

龍村は頷き、検視官をちらと見たが、すぐに視線を遺体に戻した。

「状況は？」

検視官は、小脇に抱えていた調書を開き、歯切れのいい調子で概要を語り始めた。

「先ほども申し上げたとおり、ホトケさんの名前は若松優美、三十二歳。この部屋の住人で、職業は、ええと、フラワーコーディネーター、だそうです。花屋に勤めて、デパートやらパーティーやらのフラワーアレンジメントをする仕事らしいですわ。三日前から無断欠勤が続いてまして、連絡も取れないいっちゅうことで、今朝、店長が実家のご両親の了解を得て、管理人と一緒に部屋に入って、この状態の若松さんを発見しました」

「最後に彼女と連絡を取ったのは誰です？」

「おそらく、花屋の店員たちですね。四日前の午後八時、業務を終えて別れて以来、誰も彼女に会っていないようです」

「部屋の電気は？」

「家中戸締まりをしてカーテンを引き、寝室とリビングには照明がついたままでした。電話の通話記録も調べましたが、四日前の午前八時の発信が最後ですね。遅刻の連絡を店に入れたときのものと思われます。着信は、まあ、職場からのものが山ほど溜まっとったものの、他はまったくなし。いわゆる寂しい女の一人暮らしっちゅうやつですかな」

ちょっと皮肉っぽい口調でそう言い、検視官は銀縁眼鏡を押し上げた。何となく感じの悪い男だと思いながら話を聞いていた伊月は、龍村の「あとはお前が質問してみろ」と言いたげな視線に気づき、慌てて口を開いた。

「そ、その。自殺っぽいって聞きましたけど、その動機とかは、あの、わかってるんですか？」

まるで小学生をよくできましたと褒《ほ》める教師のような温《ぬる》い笑みを浮かべて伊月を見やり、検視官は答えた。

「それは有り難いことに、非常にクリアです。恋愛問題ですわ。この年齢になると、女性も結婚しとうてたまらんのか、失恋がえらいこたえるんですかね。一ヵ月ほど前に男と別れて、それから凄い落ち込みやったっちゅうことで、店の同僚も心配しとったそうです。ここ二週間ほどは、何度か遅刻早退、それに欠勤があったそうで」

「はあ……で、遺書は？」

「遺書とは違うんですが、日記に生きていても仕方がないので死ぬことにした……っちゅう記述がありました。状況から見て、自殺は間違いないですわ。戸締まりも完璧でしたし、部屋が荒らされた形跡もありませんし、あのとおり頼りにはならんようですけど、番犬もいてますし」

「新聞とか郵便は？」

「四日前の夕刊まで取り込んでます。それからは新聞も郵便もポストにギュウ詰めでしたわ」

「なるほど……」

「ですから、ホンマ言うたら、普通の自殺言うてもいいんです、ただ……」

「この損傷が唯一の異常事態というわけですか」

龍村はよく響く低い声で言った。検視官は物言いたげな顔で頷く。

「なるほど。……では伊月先生、筆記を頼む」

そう言って、龍村は遺体の外表所見を述べ始めた。特に、頸部の索状物《さくじょうぶつ》の掛かり方については、詳細に述べる。簡潔で正確な所見であったが、普段喋るのと同じスピードで繰り出される所見に、伊月はメモとスケッチに大わらわになる。

それが終わったのを見計らい、検視官は遺体を床に横たえるよう、待機していた警察官たちに指示した。あっという間に、遺体はブルーのビニールシートの上に寝かされる。

着衣を脱がし、再び写真撮影を行う警察官たちを少し離れて見ながら、龍村は伊月に問いかけた。

「どう思う」

「どうって……ええと、どこから言えば……」

「まずは、死後経過時間から言ってみろ」

伊月は、頭の中で記憶をたぐり寄せながら答えた。

「そうっすね。直腸温はすでに室温まで下がってますし、さっき服脱がすときに調べたら、死後硬直はもう緩解《かんかい》してました。腐敗網と腐敗変色はあちこちに出てますけど、まだガスで体が膨張するほどじゃない。……ええと、死後二日から三日ってところ……かな」

「ふむ」

「さっきの話とか、照明とか新聞とかの話を考えてみると、やっぱり、四日前の夜から、翌朝までの間っていうのが妥当な死亡時期だと思います」

「そうだな。お前の言うとおりだ。そして、腐敗が進行しつつある分、所見が鮮明でないのは確かだが、それでも頸部の所見に不自然な点は認められない。そうだな？」

「そう……思います。だけど龍村先生、この足の損傷は……」

龍村は、遺体の前から一歩退き、がっちりした顎をしゃくった。

「よく見てみろ。お前の見立てを聞かせてくれ」

「う、は、はいっ」

伊月は促されるままに、遺体の前……損傷のある下腿《かたい》の傍にしゃがみ込んだ。背後から、龍村と柳瀬の視線を痛いほど感じる。近づくと強くなる腐臭と緊張の両方で、伊月は急に息苦しさを感じつつも、ゴクリと生唾を飲み込み、口を開いた。

「この創は、形状から見て、鋭利な刃物とかじゃなく、かといって鈍器《どんき》でもない、あまり鋭くはないけど、それなりに切れる凶器で出来た物だと思います」

「…………」

検視官も龍村も、それに対しては何も言わない。仕方なく伊月は、それが正解であると解釈して、話を続けた。

「でも、創の周囲に、皮下出血がまったく見られません。あと、床には確かに少々血液が落ちてますけど、傷口に出血は認められないので、これは単に重力に引かれて、ちぎれた血管から血液が滴っただけだと思われます。……ええと、俺、経験不足なんで、印象っていっても説得力ないかもですけど、こんだけ生活反応がないってことは、死後損傷なんじゃないかと思います。だいたい、生前にこれだけの損傷を受けてたら、首なんか吊らなくったって失血死しそうだし」

そこまで一気に喋って、伊月はしゃがんだまま振り向いた。見上げた龍村の顔は、笑ってこそいないが満足げで、伊月はホッと胸を撫で下ろす。

「僕も同感だ。柳瀬さんは？」

検視官も、慇懃無礼《いんぎんぶれい》な調子で頷いた。

「そうですね。僕も最初からそう思ってました」

(最初からそう思ってました、かよ。やっぱこいつ、やな奴)

師匠である龍村に試されるのはいいが、自分は何もかもお見通しだと言いたげなこの柳瀬という検視官にまで同じような……高いところから見下すような態度を取られるのは不愉快だと、若い伊月は正直な憤りを顔に出してしまう。

それを窘めるように、龍村は右眉だけを軽く上げて問いを重ねた。

「で？　誰も侵入した形跡がなく、しかも自殺である可能性が極めて高いこの遺体において、こんな死後損傷を生じさせたのはいったい誰で、成傷器は何だとお前は考える？」

「あ……そういえば……」

伊月はそこで初めて言葉に詰まった。しゃがんだまま、遺体の無惨な下肢をしげしげと観察し直す。

確かに、他者がこんなふうに死後にまで誰かの体を傷つけるというのは、よほど強い恨みがある場合だろう。だが今回の事件については、その可能性はないと考えてよさそうだ。かといって、自殺した人間が、己の体を傷つけるすべなどあるはずがない。

とすれば、女性一人暮らしのこの部屋で、彼女の遺体をこんなふうに傷つけることができる者は……。

「……ぐえ」

そこまで考えたとき、伊月の喉からは、潰されたカエルのような、奇妙な声が漏《も》れた。龍村と柳瀬検視官は、ちらと視線を交わす。

伊月はよろめきながら立ち上がり、呆然とした表情で、龍村と柳瀬を見た。無意識に肉の削《そ》げたシャープな頬を手のひらで撫で、力ない声で言う。

「もしかして……もしかして、それって……あっちの部屋にいるアイツ？　ここに入ってきたときに、熱烈歓迎してくれた……」

そんな伊月の言葉に呼応するように、リビングにいたはずの先刻の茶色い犬が、寝室の扉からひょいと顔を覗かせる。

伊月は半泣きの歪んだ顔で、犬を指さした。

「その……あいつ？　腹が減って……どうしようもなくて、飼い主……食っちゃったんですか……？」

「そのようだな」

「……せやから、先ほど、顔舐めさすんはやめはったほうが……て、言いましたんですよ」

龍村はちょっとおどけたしぐさで肩を竦め、柳瀬は気の毒そうにそう言った。どうやら二人とも、伊月よりずっと早く、同じ結論に到達していたらしい。

つまり、女主人と二人暮らしだったこの犬は、飼い主が自殺してしまった瞬間から、餌の供給をストップされてしまったのだ。

いくら可愛がっていても、さすがに自分で自分を死に追い込むほどの極限の精神状態では、愛犬の餌のことまでは、思いが至らなかったのだろう。

その結果、飢えた犬は、ついに思いあまって、唯一の餌……つまり、ご主人様の亡骸《なきがら》を口にしてしまったのである。生き延びるために、人間ですら同胞の死体を食べたという記録がある。飼い犬を、恩知らずだと責めることは誰にもできないだろう。

そう思いはするが、やはり人を食った犬に顔を舐められたと思うと、伊月の顔からはざくざくと血の気が引いていく。

（人が悪い……。こいつら二人とも、マジで性格悪い……！　いや、少なくとも、この検視官は絶対意地悪だ！　そう思ってたんなら、最初にもっと積極的に止めろよ！）

伊月は、青ざめた顔で口を拭った。さっき、頬だけでなく、唇も、その奥までも念入りに舐められた記憶が、鮮明に蘇《よみがえ》る。

思わず壁にもたれかかった伊月の肩をポンと叩き、龍村は片頬だけでニヤリとして言った。

「とにかく、滅多にない経験ができてよかったな。僕は、あっちで検案書を作成してくる。お前は、犬の相手でもしてやれ。ご遺体に、犬を近づけないようにな」

＊　　＊

「お疲れさまでした、先生方。あらあら、伊月先生、まだ顔色が悪いですわぁ」

検案から戻った後、龍村と伊月を待ち受けていたのは、二件の行政解剖だった。休む間もなくそれを終わらせ、ようやく遅い昼休みをとるべく、二人は医務室に戻ってきたのである。

非常事態とはいえ、飼い主を食べてしまった犬に存分に顔面を舐め回された伊月は、血の気が引いたきり戻らず、慰めるような田中の言葉にも無言のまま、流しでざぶざぶと顔を洗った。洗顔も、戻ってきてこれで三回目だ。

「まあ、そう腐るなよ、伊月。犬に罪はなかろう」

龍村は、人の悪い笑みを浮かべてソファーに落ち着いた。田中が近所の市場で買ってきてくれた弁当を広げる。龍村から事情を聞いた田中も、気の毒そうに眉尻を下げつつ、二人のためにお茶を淹れてくれた。

「勿論、犬は悪くないっすよ。生き物なんだから、腹が減ったら、そこにあるもの食いますよ。飼い主だって、犬に一緒に死んでほしかったわけじゃないだろうから、あいつが自分の体で生き延びてくれりゃ本望だろうと思います。……それはわかってるけど、やっぱ人肉を味わったその舌で、口の中まで舐められたかと思うと……こう、俺も間接的に人間を食っちゃったみたいな気分に……うえぇ……」

うがいまでしたあと、タオルで顔をごしごし拭いて、伊月はうんざりした顔で龍村の向かいに腰を下ろした。龍村は、笑いながら弁当を伊月の前に押しやる。

「せっかく田中さんが買ってきてくれた弁当だ。食えよ」

「……食欲ないっすよ」

「何を言ってる。これしきで食えなくなってちゃ、法医学者は務まらんぞ」

「俺は繊細なんです」

「軟弱の間違いじゃないのか？」

「わかりました、食いますよ。食えばいいんでしょ」

まさに、売り言葉に買い言葉である。ちょっとしたことで飯も食えない腰抜けと思われるのが癪で、伊月は乱暴に自分の弁当を引き寄せ、蓋を開けた。

それでもさすがに肉を口にする気にはなれず、野菜の炊き合わせなどを無理矢理口に押し込みながら、伊月はふと、テーブルの上にブランケットを掛けられてずっと放置されていた鳥籠に目をやった。

そういえば、検案から戻ってからも慌ただしく動き回っていたせいで、龍村も伊月も、あれから一度も籠の中の様子を覗いていない。

コソリとも音を立てないセキセイインコが心配になって、伊月は箸を置き、腰を浮かせて、ブランケットをそうっと取り除いてみた。

ハンバーグを大口に頬張りながら、龍村もやや心配そうに籠の中を覗き込む。

もしかして、中で小鳥が死んでいたら……と、密かに二人とも内心ドキドキしていたのだが、そんな危惧に反して、セキセイインコは朝よりずっと元気そうだった。

もう、レモン色の羽根は膨れておらず、折れた翼を固定するバンドが邪魔なのか、鉤状の丈夫そうなくちばしで、盛んに噛んでちぎろうとしている。

「むっ、馬鹿に元気そうじゃないか。昼寝して、すっかり調子を取り戻したようだな」

龍村は拍子抜けしたようにそう言った。伊月も、呆れ顔でセキセイインコに話しかけた。

「お前、何か静か過ぎるから死んでるんじゃないかと思ったら、全然元気じゃねえかよ。よせって。それ取ったら、翼が変なくっつき方して、飛べなくなっちまうんだからな」

金網を指先で突きながら顔を近づける伊月を、セキセイインコは珍しいものでも見るように、小首を傾げてじっと見た。伊月は、さっきまでのブルーな気持ちを忘れ、その可愛らしい仕草に笑い出してしまう。

「何見てんだよ、呑気《のんき》な奴だな。だいたいお前、どこから来たんだ？　ったく、飼い主の名前くらい、どっかに書いとけっつーんだよな。お前の名前とか」

『ポッポチャン！』

「！」

「お！」

突然響き渡った甲高い声に、伊月も龍村も目を丸くし、顔を見合わせた。

「今……喋ったの、こいつか？」

「そうみたいですよ。ポッポちゃんつった？　それ、お前の名前だよな？」

『ポッポチャン！　ポッポチャン！　カーワイイ！』

一度喋り出すと勢いがついたのか、セキセイインコは、コンピューター合成音声にも似た高い声で、何度も「ポッポちゃん」を繰り返す。おそらく、飼い主から呼び続けられたことで、自分の名前をまっ先に覚えたのだろう。

「ほう。知らなかったが、セキセイインコも喋るんだな」

弁当を掻き込みながら、龍村は感心したように唸った。伊月はちょっと興奮した様子で頷いた。

「昔、近所の家で飼ってたセキセイインコも、けっこう喋ってましたよ。こいつ、他のことも喋るかな。なあおい」

伊月は、金網の隙間から指先を突っ込んでみた。どうやらこのセキセイインコは、よく人になれているらしい。羽根でバランスが取れないのでややおぼつかない足取りながら、低い位置に設定した止まり木を伝い、伊月のほうへやってきて、固いくちばして、伊月の指を突いた。

「ほう。お前のことは好きらしいな。どれ」

龍村も、太い指を同じように鳥籠に差し入れる。だが、セキセイインコはギャッと耳障《みみざわ》りな声を上げ、頭の毛を逆立てた。龍村は、大きな口をへの字に曲げ、ムッとした様子で眉根を寄せる。

「何だ。命の恩人の僕にはその態度か。無礼な奴だな」

「っていうか、龍村先生が怖いんですよ。声はよく響くし、指だって俺より太いし。小さな生き物には、もっと優しくしてやらなきゃ。脅かしちゃ駄目ですよ。動物だって心に傷を負うんですから」

ここぞとばかり、鬼の首を取ったように、伊月は胸を張る。

「むむ。別に脅かすつもりなんか、これっぽっちもないぞ。それに、これでも僕は、人間の子供にはけっこう好かれるんだ。おい、そこまであからさまに怯《おび》えることはなかろうが」

龍村は指を引っ込め、決まり悪そうに頭をバリバリと掻いて不平を言う。仕事中は鬼としか言いようのない龍村だが、プライベートでは、なかなかに可愛いところもあるらしい。伊月は何だか楽しくなってきた。

「もうちょっと、小さな声で優しく話しかけてやりゃいいんですよ。それにしたって
こいつやっぱり、どこかの家でうんと可愛がられてたんですね。……なあ、ポッポち
ゃん以外のことも言ってみろよ。飼い主の名前は？」
『ポッポ！』
「それはお前の名前だろ。飼い主……っつか、お母さんの名前だよ」
『オカーサン！　オカーサン！』
「そう、お母さんだよ。お母さんの名前！　ほら、言ってみな？」
セキセイインコは、甘えるように伊月の指を噛み、喉を鳴らした。甘える仕草は、
猫も小鳥もあまり変わらないらしい。
『オカーサン、ゴハン！　ゴハン、チョーダイッ』
「駄目だこりゃ。でも、名前がわかっただけでも進歩ですね」
「そうだな。交番と保健所に知らせておこう。つまらんことで何度も電話をと思われ
るかもしれんが、飼い主にとっては大切なペットだ。少しでも、見つかる確率が上が
ったほうがいい」
ポッポちゃんな……と呟きつつ、龍村はスマートホンと手帳を取り出し、電話をか
け始める。

伊月も、やはり今ひとつ食べる気になれない弁当を諦め、自分もバッグを漁った。朝からずっと放置していたスマートホンを取り出し、着信をチェックする。

「あれ？　筧とミチルさんからメッセージが来てる。何だろ」

伊月は慣れた手つきで、液晶画面を操作する。筧からのメールは、今日はどうにか帰れそうなので、無理をして寄らなくてもいい、という内容だった。だが、大慌てで打ったらしく、本文のところどころに漢字の変換ミスがある。やはり、昨日の今日だけに、相当忙しいのだろう。

（気を遣わなくても、俺は好きで寄ってんのになあ、筧の奴）

親戚というだけで、さして親しくない叔父の家に帰るよりは、ししゃもと、上手《うま》くいけば筧がいるアパートに行くほうが、伊月にとってはうんと気が楽なのだ。来なくていいと言われても、やはり帰りに行ってみようと思いつつ、伊月は「仕事頑張れ」というメッセージを打ち返し、次にミチルからのメッセージを開いてみた。発信は昼過ぎで、こちらは解剖もなく、それなりに穏やかな時間を過ごしているらしい。

「今日、夕方にミチルさんが仕事を早めに切り上げて、こっち寄るって言ってますよ」

ちょうど二件の電話を終えた龍村は、ぎょろりとした仁王の眼を軽く見張った。

「伏野が？　何かお前に用事か？」

伊月は、スマートホンの画面を龍村のほうに向け、メッセージの文面を見せて言った。

「でもないみたいです。ほら、ミチルさんの家こっちだから。何となく覗いてみたくなったんじゃないっすか？　一緒に飯でもどうですか、ですって」

「可愛い弟分を僕が虐《いじ》めてるんじゃないかと疑ってでもいるのかな、あいつは。失敬な奴だ」

「……虐めたじゃないですか。ああ……またさっきのアレ思い出した。たまんねー」

「別に虐めてはおらんぞ。あれはお前が、自発的にあの犬に顔を舐めさせたんだろうが。それにあの時点では、僕もまさかそんなこととは思わなかったんだ。ま、遺体を見た瞬間に、見当はついたがな」

伊月は、いかにも恨めしげに龍村を睨む。龍村は、懲りもせず鳥籠に人差し指の先を入れ、ちょいちょいと動かしてみせながら言った。

「ま、今回のことをいい経験にするんだな。現場にあるどんなものも、迂闊に触るな、触らせるな。それだけは、肝に銘じろよ。今回はこの程度で済んだからいいようなものの、次はどうなるかわからんぞ」

「そ、それって……」

龍村は、視線だけを鳥籠から伊月に向ける。その弁当箱のように厳つい顔は、真剣そのものだった。

「インターネットの普及も大いに影響しているんだろうが、今の世の中、一般人が驚くようなものを平気で所持したり、危険物を製作したりしている。我々は警察のあとに現場に入るから、いきなり爆弾で吹っ飛ばされるような危険はないだろうが、しかし、他にも思いがけないトラブルが潜んでいる可能性はいくらでもある。……毒物が最たるものだな」

伊月も、顔を引き締めて頷いた。龍村は、ようやく彼の存在に慣れたらしいセキセイインコに指先を突かせつつ、まるで厳かな託宣《たくせん》のように言葉を継いだ。

「とにかく、現場には、死者をあの世に誘った元凶が、まだ居座っているんだ。死に神に巻き添えを食って連れていかれないように、重々気をつけろ。僕も、都筑教授からの預かりものを、むざむざ危険に曝すのは本意じゃないからな」

「……了解っす」

確かに、今ここで自分に何かあれば、龍村はすべての責任をひとりで負おうとするだろう。都筑教授は決して彼を責めたりしないだろうが、龍村の律儀な性格は、つきあいの浅い伊月でさえ十分にわかっている。

それに、あんな事件があった直後だというのに龍村の忠告を聞き入れなければ、自分は世界一の愚か者だろう。そう思った伊月は、肩を落としてぺこりと頭を下げた。

「ついでに、お前が素直なうちに言っておくが」

龍村はゴホンと咳払いして、少し声のトーンを抑え、どこか悪戯っぽい目つきをして言った。

「検視官には、柳瀬みたいにちょっと底意地の悪い奴もいる。警察ってのは、カースト制と年功序列が同居するややこしい組織だ。若い医者を見ると、実力もないのに自分たちの上に立つ憎たらしい奴だとむかっ腹が立っても無理はなかろう。せいぜい、揚げ足を取られないように気をつけろよ」

「……それはもう、嫌ってほど身に沁《し》みましたよ。今日、小馬鹿にされた分は、いつか倍にして、仕事で見返してやります」

「その日が来るのが楽しみだ」

龍村はニヤリと笑い、巨体を屈めるようにして、「おい、ポッポ」とセキセイインコと親睦を深めにかかったのだった……。

間奏　飯食う人々　その二

「で？　お疲れさまって言おうと思ったら、何よ、これは。大の男が二人して、セキセイインコと戯れて一日終わったわけ？　きっとまだ解剖やってるだろうから、シュライバーでもしてあげようかと思って来たのに」

　それが、午後六時過ぎ、監察医務室に現れたミチルの第一声だった。

　無理もない。早めに仕事を切り上げてやってきたミチルが見たものは、田中が帰宅してしまってガランとした医務室で、鳥籠を楽しげに覗き込む龍村と伊月の姿だったのだ。

「仕方ないじゃないっすか。今日は解剖二つに検案一つだけだったし、ミチルさんはなかなか来ないし、仕方ないからポッポちゃんと遊んで時間潰してたんですよ」

「伊月の言うとおりだ。わざわざお前を待っててやったんだぞ。それに、ここが暇なほど結構なことはなかろうが」

仲良く反論してくる男二人に、ミチルは呆れ顔で言った。

「いつの間にか、ずいぶん仲良くなったこと。最初のとげとげしさは、どこへ行ったのかしら。っていうか、その鳥はいったいどうしたの」

「ま、それは飯でも食いながらゆっくり話そう。今日は、他にも伊月がお前に訴えたいことがあるだろうしな」

龍村はそう言って立ち上がった。ホントですよ、と早くもぼやき態勢に入りつつ、伊月も腰を上げる。別に申し合わせたわけでもないのに、手分けしてテキパキと戸締まりをする二人の姿を見て、ミチルは呆れたように肩を竦めた。

「何だかなあ。たまには、二人が喧嘩してないかどうかチェックしようと思って寄ってみたのに、全然心配なかったみたいね。ま、いいわ。お腹ぺこぺこ。早く行きましょ」


そんなわけで、いったん龍村家に鳥籠を置きに寄ってから三人が落ち着いたのは、監察医務室の最寄り駅にほど近い、創作家庭料理の店だった。

店の入り口が、中が一切見えない木の引き戸になっている、知らなければなかなか入りにくい風変わりな店である。

「へえ。龍村先生、けっこう洒落た店知ってんですね」

ちょっと感心した様子で、伊月は木の温もりを活かした内装の店内を見回した。そんな伊月の様子に、ミチルは眉を顰める。

「どうしたの？　いつもなら、席に座るなりメニューを全身全霊で検討する伊月君が。お昼ご飯遅かったの？」

伊月は、うんざりした顔で頷いた。

「それもありますけど、昼飯、ろくすっぽ食えてないっす。今日は、どうにも食欲ないんすよ、俺」

「ええ？　伊月君が食欲失せちゃうような、酷いことがあったの？　ああ、そういえば、何か私に訴えたいことがあるって言ってたけど、やっぱり龍村君に虐められた？」

「馬鹿、そんなはずがあるか。伊月が墓穴を掘った話だ。だがそれは、オーダーを済ませてからにしよう。我々の業界では愉快な話に入るかもしれんが、一般的にはあまり歓迎される話題じゃない」

「……そのとおりっすね」

ちょっと慌てた様子で割り込んだ龍村に、伊月は力なく同意する。ミチルは、あからさまに嫌そうな顔をして、テーブルの上のメニューを取り上げた。

「……ああ。そっち系の話。了解。それじゃ、こっちまで食欲が失せないうちに、私たちが食べたいものをオーダーしちゃいましょうか、龍村君」


それから三十分後。

何だかんだ言いつつも二人して伊月に気を遣ったのか、どちらかといえばあっさりした料理が並んだテーブルで、ミチルは笑いを噛み殺していた。

「な、なるほどね……。そりゃ災難っていうか、結構厳しい現場の洗礼っていうか……くくく。気の毒に」

「全然同情してるような顔してないっすけど、ミチルさん」

「同情なんかしてないわよ。だって他人事だもん」

ミチルはやけに楽しそうな顔でそう言い、柔らかく煮えた冬瓜《とうがん》を口に運んだ。

「ちぇっ」

伊月は膨れっ面で、恨めしげにミチルを睨んだ。それでも人に愚痴って少し気が晴れたのか、大根サラダの皿を引き寄せ、大口に頬張る。

「それにしたって……」

龍村からはセキセイインコの話、伊月からは今朝の検案の話を聞かされたミチルは、龍村と伊月を見くらべてクスクス笑った。

「思いっきり悲喜こもごもなうえに、動物に縁のある一日だったのね、二人とも。で、見つかりそうなの、そのセキセイインコ……ポッポちゃんの飼い主は」

龍村は、鶏挽肉《とりひきにく》入りの大きなコロッケを几帳面に三分割しながら答えた。

「わからんな。だいたい、どこから来たものかも、さっぱり見当がつかん。ただ、この寒さだ。ずっと室内で飼われていたセキセイインコが、そう長距離を飛べるとは思えないと獣医は言っていたが」

「そうね。そうでなくても、インコってあったかいところが原産でしょう？　可哀想に、どさくさで飛び出したものの、あんまり寒くてビックリしたでしょうね。でも、猫にやられちゃう前に龍村君に助けられて、ラッキーだったじゃない」

「まあな。これで飼い主の許に無事に返してやれれば、申し分ない。……もし見つからなくても、小鳥の一羽くらいなら、僕のマンションで飼ってやってもいいしな。幸い、自分で名乗ってくれたから、呼び名には苦労しないさ」

早くも、半ば自分が飼ってやる気になっているらしき龍村の様子に、ミチルは苦笑した。

「あーあ、そうなったら、ついに龍村君も、話題の何分の一かがペットのことになっちゃうのかしら。ねえ、伊月君」

「はは、そうかもですね」

「何のことだ?」

悪戯っぽい笑みを交わし合う伊月とミチルに、龍村は、訝しげに太い眉根を寄せる。説明しようとして、ミチルは「あ」と小さな声を上げた。

「そういえば、あんまり意外な話ばっかり聞かされたから、もうちょっとで私にも話があるのを忘れるところだったわ」

「話? 何のだ」

「ああ、ごめん。龍村君じゃなくて伊月君に。昨日の、焼死に見せかけた殺人事件のことなんだけど」

「え? あの事件、あれからまた何か進展あったんすか?」

「おい、そりゃまた物騒な話だな」

「そうなのよ。ええと、念のため言うけど、龍村君は他言無用にお願いね」

龍村は頷き、伊月は興味深げに身を乗り出す。ミチルは、周囲の席には聞こえないように、女性にしては低い声をもう一段下げて、龍村のために昨日の事件のあらましを語った。そして、焦《じ》れて待っていた伊月に、新情報をもたらした。

「夕方……私が職場を出る少し前にね、容疑者をたった今逮捕したって、科捜研経由で連絡があったの」

「ええっ!?　……っと、いけね」

思わず驚きの声を上げ、伊月は慌てて口を片手で塞ぐ。

「えらく早いじゃないですか。また何で？」

囁き声で問いかけた伊月に、ミチルは軽く首を傾げて答えた。

「私も都筑先生も、まだ詳しい話を聞けたわけじゃないのよ。ただ、焼け出されたアパートの住人たちに、今朝から聞き込みを開始するって話だったでしょう？　そこで有力な手がかりが得られたみたい」

「へえ。じゃあ、事件はけっこうスピード解決になりそうなのかな」

「それはどうかしら。ちょっと不思議な展開なのよ。何でも、逮捕されたのは塾の講師なんですって」

「はあ？」

思いがけない容疑者の素性に、伊月は目を丸くした。

「何ですか、そりゃ。被害者の爺さんの親戚か何かかな」

「そんな感じじゃないようなニュアンスだったわよ、電話では」

ミチルは、コロッケをあっという間に平らげ、生春巻《なまはるま》きを頬張って、やや不明瞭な口調で言った。伊月も、他の二人の旺盛な食欲につられ、こんがりと香ばしそうな焼きおにぎりに手を伸ばす。

「じゃあ、赤の他人？　いったいどういう関係なんですかね。軽い認知症の一人暮らしの爺さんと、塾の先生なんて」

「さあね。どっちにしたって、本格的な取り調べは、明日からなんじゃないかしら。容疑者と被害者の関係も、殺人の動機も、夕方の時点じゃまださっぱりわかっていなかったようよ」

「どうも、まだまだ奥が深そうな事件だな」

龍村は興味深そうに唸った。ミチルは、ニッと笑って龍村をからかった。

「何よ？　そろそろ司法解剖が恋しくなった？　犯罪事件解決のカタルシスを感じたくなったとか」

「馬鹿を言え。司法解剖といっても、僕たち法医学者が直接捜査活動に加われるわけじゃあるまい。結局不完全燃焼になっちまうのは目に見えてる。……それに司法解剖だろうが行政解剖だろうが、地味だが大切な仕事ってことに変わりはないだろう。今のところ僕はまだ、行政解剖にやりがいを感じてるぜ」

「あら、優等生な答え」

「まあ、正直言えば、たまに刺激がほしいと思ってしまうことはあるがな。……だがそれは、自分の感覚や感情のアンテナが鈍っている証拠だ。そういうとき必要なのは、司法解剖じゃなく気分転換だよ」

そう言って、龍村はほろりと笑い、冷酒のグラスを傾けた……。

三章　解け残っている歪み

翌日の夜……。

躊躇《ためら》いがちに肩を揺すられ、伊月は不機嫌そうに唸りながら目を覚ました。

にゃうん！

嬉しそうなししゃもの鳴き声から、目を閉じたままでも、相手が誰だかすぐわかる。というより、この場所にいるべき人間は、そもそも一人しかいないのだ。

伊月は両手で目を擦りながら、掠《かす》れ声で言った。

「……お帰り」

「ただいま。ししゃもはええけど、タカちゃんは炬燵で寝たら風邪引くで？」

のんびりした野太い声は、やはり筧兼継のものだった。伊月は、鈍い腰の痛みに呻きつつ、のっそりと身を起こした。目の前には、ヨレヨレのスーツ姿の筧が、畳に両膝を突いていた。その腕には、早速ししゃもがじゃれついている。

「ごめん。つい居眠りしちまった。今何時だ？」

伊月は、腕時計に視線を落とし、顔を顰めた。

「もう十二時前じゃねえか。今日も遅かったんだな」

「それでも帰ってこれただけマシや。タカちゃん、もしかして、僕が帰ってくるまで待っててくれたんか？　今日土曜日やのに。仕事、昼までやったんやろ？」

伊月は大きく伸びをして、寝乱れた長い髪を両手で撫でつけながら頷いた。

「や、お前を待ってたわけじゃないんだけどな。やっぱ、ししゃもだって一日中ひとりじゃ寂しいだろ。一緒に飯食って、たっぷり遊んでやろうと思ってさ。で、うだうだしてるうちに寝ちまっただけ。いつものことだって」

筧はちょっと困った様子で、真っ直ぐな眉をハの字にした。

「せやけど、悪かったな。昨日も、大丈夫やて電話したのに、結局帰られへんかって。タカちゃん、寄ってくれてんやろ？　そら、ししゃもを可愛がってくれて、有り難いと思てるけど、迷惑かけてるん違うか。まだ終電には間に合うし、アレやったら車出すで？」

「だから、いいんだって。そっちこそ迷惑でなきゃ、泊めろよ。ここにいるのは、別にお前のためじゃなくて、ししゃものため……っつか、ホントは自分のためなんだから」

「自分のため？」

「ん……。何ていうか、居候も半年過ぎると、叔父貴んちにいるの、気詰まりなんだ。嫌いじゃないし、親切にしてもらってるんだけど、中途半端に他人じゃない関係って、どうも苦手でさ」

伊月はそう言って、勢いをつけて立ち上がった。

「まあいいや、とにかくお前、風呂入ってこいよ。見るからにベタベタだぜ？ それに、どうせ晩飯まだだろ？ 買ってきたもんだけど、温めとくから」

「あ……うん。ほな、そうさしてもらうわ。我ながら、何や臭ってきそうや」

そんな苦笑いを残し、筧は狭い浴室へと消えた。

「よかったな、ししゃも。さて、俺も小腹空いたし、うどんでも作るか」

そう言って、伊月も心地よい炬燵から出て、板張りの薄ら寒い台所へと向かった。

「そんで、どうなんだよ仕事のほうは。あの放火事件、犯人捕まったんだろ？」

小さな炬燵の天板に、いかにもできあいの惣菜と具のないうどんを並べて夜食を摂りながら、伊月は筧に訊ねてみた。

旨そうにビールを飲み、首からタオルをかけたままの筧は、さすがに疲れた顔で答えた。

「犯人ちゅうか、容疑者な。タカちゃんも、ちょっとは話聞いてるんか？」

伊月は、ブリの照り焼きをそうっと失敬しようとしたししゃもの前足をぴしっと叩いた。

「こらッ！　駄目だっつってるだろが。聞き分けないぞ、ししゃも。……俺はほら、教授に科捜研が知らせてきたことの又聞きだけどさ。何でも、塾講師の男なんだろ、容疑者って。もう自白はしたのか？　そもそも何で、そいつが容疑者になったんだ？」

筧はちょっと迷ってから、〝ビクターの犬〟のように曖昧に首を傾げた。

「もしかしたら、都筑先生よりタカちゃんのほうが、はよ情報ゲットすることになってまうんかな。僕が喋ったって言わんといてや？　あんな、昨日の朝から、焼け出された住人の避難先を回って、あれこれ聞き込みしとったんや。そしたら、一階の表通りに面した部屋の住人が、不審車輌を見かけとってん」

「不審車輌？」

「うん」

筧はほうれん草のおひたしを素うどんに放り込み、気持ちがいいほどの勢いで啜り込んだ。

「それって、容疑者がアパートに車で乗り付けたってことか？」

「うん。ちょうど、火事騒ぎが起こる三十分くらい前……午前一時半前後に、その部屋の住人が、コンビニから帰ってきたらしいんや」

「コンビニ？　夜中の一時半に？」

「フリーターやねんけどな。次の日が休みで、徹夜予定でゲームやっとったらしいわ。で、途中で酒とつまみが切れて、どうにもたまらんようになって、思い切って近所のコンビニまで出かけたらしいんやな」

「あー、なるほど。そんで？」

「コンビニまでは歩いて十分ほどやねんけど、買い物ついでにちょいとマンガの立ち読みなんかをしてから帰ってきたんやて。そのとき、家を出たときにはなかった見慣れん紺色の車が、アパートのすぐ近くの路上に停まってるんを見つけたんや。近所の家にはみんな車庫あるし、真夜中に客っちゅうこともあれへんやろし、アパートに用やとしても、やけにでっかいワゴン車やったから、奇妙やなーと。狭い部屋やし、住人もほとんど一人か、せいぜい二人暮らしやろ。訪ねてくるんも、たいてい小さい車やしな」

「印象が強かったわけだ」

「うん。そのフリーター、コナンやら金田一《きんだいち》やらのアニメが好きらしゅうて、ミステリっぽい展開を自分の中で構築したんかな。有り難いことに、車のナンバー覚えといてくれたんや。で、部屋に戻ってゲームやっとったら、しばらくして部屋の前の通路をバタバタ走る靴音がして、そのすぐ後で、車が急発進する音がしたんやて。何やおかしいなと思て表に出てみたら、やっぱりさっきの自動車がおらんようになっとって……で、部屋に戻ってしばらくしたら……」

「火事で逃げ出す羽目になった？」

「うん。火元になった古新聞置き場とは、通路の端と端に離れとるから、なかなか気いつかんかったんやろな。近所の人に扉叩かれて、慌てて飛びだしたらしいねん。さすがにそれからあとのことは焦っとって記憶おぼろげなんやけど、車のことはまっ先に話してくれたんや」

伊月は納得顔で、ししゃもがなおも前足を伸ばそうとする魚を箆に押しやって言った。

「なるほど。で、その車の特徴とナンバーから持ち主を辿《たど》ってみたら、その塾講師だったってわけか」

筧は、半分ほどになっていたブリの照り焼きを一口で頬張り、頷いた。

「せや。ほら、タカちゃん知ってるかな。駅前の小規模やけど有名な進学塾。『ビクトリー塾』て言うねんけど。あそこの先生やねん」

伊月は、新たなチューハイの缶を開けて「ああ」と言った。

「知ってる。中学入試専門の塾だろ？　ベタな名前だから、嫌でも目につくよな。でも、けっこう有名校に合格者出してるみたいじゃん？　ガラス窓に、どこに何人合格！　って自慢げに貼り出してあんだろ」

「うん。僕も今日、事情聞きに塾に行って、それ見てきた。随分、歴史も実績もある塾みたいやで。敢えて分校を開いたりせんと、入塾テストで選びに選んだ優秀な生徒だけを受け入れるらしいねん」

それを聞いた伊月は、不快げに鼻筋に皺を寄せ、鼻を鳴らした。

「何だよ、それ。最初から優秀な奴しか採らないんじゃ、合格率が高いの当たり前じゃねえか」

「まあ、合格率が進学塾の評価基準やし、最近、子供が減ったから、塾も生き残り競争激しいらしいしな。それはしゃーないん違う？」

「まあな。でも、もとから出来る子供ばっか教えるんじゃ、どうにも不公平な気がしねえか？　それじゃ、勉強できない子供は置いてけぼりだろ」

「まあなあ……」

自分が責められているかのように、筧はしゅんと大きな背中を丸めて項垂《うなだ》れる。伊月はちょっと罪の意識を感じ、微妙に話題を変えた。

「そ、それで！　その捕まった先生ってのは、その塾ではどういうポジションの奴なわけ？」

筧はホッとした様子で、「それがな」と言った。

「その先生、三十二歳やねんけど、副塾長やねん」

「副塾長？　若いのに、えらく偉いんだな。他に先生いねえの？」

「いや、非常勤入れて十人くらいいてはるらしいで。生徒は小学校五年六年で、それぞれ二クラスあるねんて。一クラス二十人くらいやから、だいたい八十人か」

「へえ。ビルの二フロアだろ？　小さい塾だと思ってたけど、そっか、時間とか曜日ずらせば、そのくらいはどうにかなるのか。じゃ、他の先生は若い奴ばっかりとか？」

「違うねん。容疑者は、塾長の一人息子やねん。せやから、塾の先生になったときからずっと、副塾長やねんて」

伊月は、膝の上で丸くなったししゃもを撫でながら、またしても面白くなさそうな顔つきになった。

「あー。大事な跡取り息子って奴か。で？　その次期塾長が、何だって爺さん殺したんだって？」

筧は、うどんの汁をズルズルと飲み干してから、力なく首を振った。

「それがなあ。自分がやったっちゅうことは素直に認めてんけど、それ以降は支離滅裂で」

「支離滅裂？」

「僕も取調室入ったわけ違うから又聞きやねんで？　せやけど、どうやら相手はあの人やのうてよかった、行きずりやて、ありえへんでたらめを言うてるらしいねん。別に知り合いでも、家が近いわけでもあれへんのにな」

「……んなわけないだろ！　行きずり殺人っていうのは、偶然出会う可能性がある奴らの間に起こることで、あんな住宅街のアパートにひっそり住んでる爺さんと、受験生抱えて大忙しのはずの塾の先生の間に、どんな行きずりがありえるってんだよ」

「それは僕らもわかってる。そんで今日、塾長……容疑者の父親に話を聞きに行ったたんや」

「で、父親は何て？」

筧の黒目がちの大きな目に、暗い影が落ちる。

「塾長に直接会うたんは、係長と先輩の刑事やねんけど、すぐにたたき出されてきたわ。息子には特に様子がおかしかったようなことはないし、そんな大それたことをするような人間やない。これは何かの間違いやの一点張りやった。塾の評判落としやがって、お前らどこの廻しもんやて、えらい剣幕やったんやて。ああいう人やったら、腕のええ弁護士に知り合いでもいてそうやし、けっこう苦戦するかもしれへんな」

伊月は嘆息して、ジュースのような味のチューハイを啜った。

「大変だな。……や、お前ら警察も大変だけど、生徒たちもさ。年明けには受験の奴らだっているんだろ？　追い込みの大事なときに、副塾長が殺人容疑で逮捕なんて、落ち着かねえ話だよ」

「ホンマやな……」

二人は顔を見合わせ、同時に嘆息した。それに呼応するように、伊月の膝で喉を鳴らしていたしじゃもが、大きな欠伸をする。

「親にしたって、洒落にならないぜ。だってこれまでは、その塾に子供を入れられたことが、まず一つのステータスになってたわけじゃん。それが、急に塾の信用ガタ落ちだろ、この期《ご》に及んで」

「それも大変やなあ。かといって、五年生はともかく、六年生は、今さら塾替えるわけにもいけへんもんな。そう言うたら、今日、塾にお邪魔したとき、たまさか子供たちが学校退《ひ》けて塾に集まってきててんけど。みんな、見るからに賢そうな子ばっかしやったわ。僕はアホな子供やったし、塾なんか行ったことなかったから、えらい新鮮やった」

しみじみとそう言う筧に、伊月はちょっと驚いたように問いかけた。

「何？　お前、結局塾とか全然行かなかったわけ？」

「行かへんよ、そんなん。そない大層な学校行ってへんもん。高校出るんがやっとこさやったし、僕。はー、せやけどあっちの事件もこっちの事件も、これからが大変そうや」

「あ？　こっちの事件はその塾の先生のことだろ？　あっちの事件ってのは何だよ」

筧は、炬燵の天板にその長い顎を載せ、はあ、と珍しく力ない声で言った。

「タカちゃん、こないだ言うてたやん。連続動物殺害事件」

「ああ！　あれ、どうなんだよ。調べは進んでるのか？」

伊月は、さっきまでのグッタリした様子が嘘のように、ピンと背筋を伸ばす。それとは対照的に、筧は猫背のままでかぶりを振った。

「いや。何か今な、うちもやたら事件ようけ抱えとって、正直、人間のことで手一杯でなあ。そんで、動物のほうは当座お前に任せる言われて、僕が今んとこ聞き込みに回らしてもらってんねん」

「ええ？　お前ひとりで!?」

非難めいた口ぶりで言われ、筧は情けなく眉尻を下げた。

「しゃーないやん。タカちゃんが動物に優しいんは知っとるけど、やっぱり一般的には、人間優先やもん。それに僕かて、頼りないけど頑張ってるんやで？」

さすがに不満げな筧の様子に、伊月は小さく肩を竦め「悪ぃ」と謝った。ご主人様を虐めるなと言いたげに、ししゃもがジーンズの上から、伊月の腿に爪を立てる。

「あだだだ、わかった、俺が悪かったって、ししゃも！　マジでさ、筧。別にお前が頼りないって言ってるわけじゃねえけど、でもその顔見てる限りじゃ、捜査が上手くいってないみたいだから。……俺、ししゃもの面倒見始めてから、動物が殺されるっての、他人事《ひとごと》じゃないんだよ。だから、気になって仕方ないんだ」

筧も、瞬きで頷いた。その温厚な顔には、風呂上がりでさっぱりしたばかりだというのに、どす黒い疲労が澱《よど》んで見えた。

「それは僕もや。……ニュースでは、『殺されました』言うたら済むけど、僕ら現場行って、殺された動物たちを見るんやで。そのたびに、人間ってこない残酷な生き物なんやろかって、ぞーっとするわ」

長い尻尾を振り振り水を飲みに行くししゃもの後ろ姿を見送り、伊月は、我知らず声を潜めて訊ねた。

「なあ……どんなふうに殺されてんだ？　惨殺ってニュースじゃ言ってたけど。やっぱ、同じ犯人かもしれないってニュースで言うくらいだから、手口が似てんのか？」

筧は、深い深い溜め息をつき、その延長のように、掠れた声で言った。

「酷いもんや。殺されるんは、公園の野良猫や野良犬やったり、幼稚園や学校で飼《こ》うてるウサギや鶏やアヒルやったり、いろいろやけど……。みんな、棒で頭が割れるほど殴られたり、刃物でズタズタに切り刻まれとったりするねん。一度や二度切りつけただけやない。ホンマに……滅多切りや」

「…………」

伊月は吐きそうな顔になって、片手で口を塞いだ。法医学教室に入った弊害の一つが、言葉で表現された創傷《そうしょう》が、それはもうリアルに想像できてしまうことなのである。

「殺されるだけ違う。足一本だけ切り落とされた猫やら、尻尾を切られた犬まで見つかっとる。……せやけど、なにぶん深夜のことやからなあ。目撃者がおらんねん。現場に手がかり言うても……」

「なかなかないだろうな」

「うん。正直言うて、今んとこお手上げや」

「……まあ、そう気を落とすなよ。そのうち何かわかる……かもしれねえしさ」

珍しいほど落ち込んでいる親友をどう慰めればいいかわからないまま、伊月は気まずさを紛らわすように食器を片づけ始めた。筧もそれを手伝い、二人は両手に皿を持ち、台所へと移動した。伊月が皿を洗い、筧が拭くという役割分担が、いつの間にか出来上がっている。

「それにしてもアレだ。短期間に、やけに同じような事件が続いたもんだよな。やっぱ同一犯なんだろうな」

皿を手渡しながら伊月が言うと、筧はそれを受け取り、半ば上の空で拭きながら頷いた。

「うん。それにプラスして、最近は僕も上司も、犯人は複数なん違うかなあって思うようになってきた」

「複数？　ああ、それもそうか。学校で飼われてるウサギやら鶏なんて、けっこうな数だもんな。一人でのんびりやってたら、さすがに泊まりの職員が物音やら鳴き声で気づきそうなもんだ」

「そうやねん。……しかも、被害がT市と、I市のT市との境界スレスレあたりに限定されとるとこみると、どうも地元の人間らしいしな。何ちゅうか、不気味な気がするわ。この町のどこかに、そんなことする奴らがおるなんてな」

「ホントだよ。……あ、そういえば」

「何や？」

急に顔を上げた伊月に、筧は不思議そうに問いかける。伊月はちらと笑って「いや」とかぶりを振った。

「さっき、ビクトリー塾ってどっかで聞いたなって思ったんだ。ついこないだ、お前んち来る途中で、そこの塾に通ってるガキんちょを見かけたんだった。ほら、あの放火殺人、違うな殺人放火？　あれの解剖があった夜」

「へえ。せやけどあの日やったら、たいがい遅い時間やったん違うんか」

「ああ。コンタクト落として困ってたから、見つけてやったんだ。けど、親が都合で迎えに来られないっていうから、家まで送ってやろうかって言ったら逃げられた。失礼なガキだぜ」

「あはは、まあ、そのくらい慎重なほうがええかもやけど」

「まあな。……しかし、あいつもビビってんだろうなあ、今頃《いまごろ》。塾の先生が、殺人なんて。何が起こるか、わかんない世の中だよな」

「ホンマに」

二人は顔を見合わせ、嘆息した。そして同時に振り返り、行儀悪くテーブルの上で毛繕《けづくろ》いをしている呑気なししゃもを見やった……。

*　　*

その夜、炬燵の脇の狭いスペースに布団を敷いて眠っていた伊月は、暗がりでポカリと目を開いた。アルコールが抜けて目覚めてしまったのかと思ったが、そうではない。洗面所のほうから、水音が聞こえてきたためだ。

「……何やってんだ、あいつ」

伊月はむくりと身を起こした。胸の上で寝ていたししゃもがころりと転げ落ちそうになるのをキャッチし、片手で抱いたまま立ち上がる。

寒さに震えながら冷たい床を踏み、洗面所を覗くと、筧は既にスーツを着込み、鏡に向かってネクタイを締めているところだった。

「あ、ごめんなタカちゃん。起こしてしもた？」

鏡越しに挨拶を寄越《よこ》す筧に、伊月は腫《は》れぼったい目を擦りながら片手を挙げた。

「いや、別にいいけど……何してんだよ、お前。また署に戻んのか？」

筧は、ネクタイの結び目を整えながら、やはり鏡越しにすまなそうな顔で答えた。

「いや、A幼稚園で、飼うてるウサギがやられたて、宿直の警備員さんから通報があったらしいわ。夜勤のもんが行くより、一応担当の僕が行ったほうがええやろて、スマホに連絡があってん」

それを聞いて、伊月の顔から眠気が一瞬にして消えた。彼は筧一人でもはみ出しそうに狭い洗面所に首を突っ込み、きつい口調で問いかけた。

「A幼稚園ってどこだよ？」

「どこて……JRの駅からちょっと行ったとこの、小さい幼稚園やけど？」

「何だ、じゃあけっこう近いじゃねえか。今から、そこ行くのか？」

「そうや。たまにはエンジンかけたらんとやし、ちょうどええから車でちょっと行ってくるわ。タカちゃんは朝まで寝直しや。まだ二時前やで。ほとんど寝入りばなやろ」

「そうはいくか。俺も行く！」

伊月はキッパリとそう言い、ししゃもを床に下ろした。さすがに筧も驚いた顔で振り返る。

「はあ？　何でタカちゃんが？」

伊月は苛々した表情で、乱れた髪を掻き上げた。

「何でって、気になるからに決まってんだろ。そ、それに、お前ひとりで行くより、一応死体のエキスパート……になろうとしてる俺も一緒のほうが、手がかり発見率がちょっとは上がるかもしれないし」

「せやけど……」

筧は渋った。無理もない。実は他でもないししゃもを拾ったきっかけになった事件の際、筧は、上司の許可なく現場に赴き、しかもミチルと伊月を同行させるという大問題を起こしたことがあるのだ。幸い、いわゆる「結果オーライ」だったうえに、都筑教授が自分の部下二人の非を筧の上司に詫び、庇《かば》ってくれたおかげで、筧は奇跡的にお咎めなしで済んだ。

だが、いつもそうだとは限らない。何の権限も持たない下っ端の独断行動や越権行為は、どんな組織でも最も忌《い》まれるものである。加害者側にも被害者側にも心を動かさず、常に中立であるべき法医学者の伊月を、平刑事に過ぎない自分が現場へ連れていくのはいかがなものか……と、筧は素直な戸惑いを口にした。

だが、伊月はキッパリと言った。

「偶然会ったんだ！」

「……は？」

「だから、現場に駆けつけたお前は、幼稚園の前をうろついてた俺に偶然会ったの！　ばれたら、そういうことにしとけよ」

「無茶言うたらアカン。そんなこと言うたら、タカちゃんが滅茶苦茶不審人物やで？」

「それでもいいから、俺も行く。待ってろ。今すぐ着替える！」

きっぱりそう言うと、伊月はクルリと踵《きびす》を返した。寒さをものともせず、ジャージを乱暴に脱ぎ捨て、服を着替え始める。

（あーあ……）

洗面所から顔を出してそれを見た筧は、心の中で諦めの溜め息をついた。

昔から……それこそ、出会ったばかりの小学生の頃から、伊月は言いだしたら聞かないたちだった。長いブランクを経て再会した伊月は、確かに小学生時代よりはずっと根気強くなってはいたが、こういう強情なところは相変わらずである。説得している暇もなければ、するだけ無駄だろうと筧は思った。

「……エンジンかけとくし、はよ来てな」

力なくそう言い残し、筧は高校時代から愛用しているくたびれたダッフルコートを手に、部屋を出て行った……。

筧の古ぼけた自動車は、虫の息のバッテリーにむち打ち、どうにかA幼稚園にたどり着いた。正門のすぐ脇に車を停め、二人は外に出た。

「うう、寒！　しかしアレだな、真っ暗だな、深夜の幼稚園って奴は」

伊月は、革ジャンの襟元を引き寄せ、身震いしながらそんなことを言った。筧は、白い息を吐いて苦笑いする。

「真夜中の幼稚園に灯りがばりばり点いとったら、そっちのほうが怖いやん」

「それもそうか。お、誰か立ってるぜ」

「ああ、うん。宿直の人が待ってるて言うてはったから、たぶんその人やろ。すいませーん！」

筧は、通用門のすぐ外に立っていた人物に声をかけた。

ジャンパーを着込み、寒そうに足踏みしていたその老人は、やはり、宿直を務める警備員だった。

「幼稚園なんて、昔は警備員みたいなもんは必要なかったんですけどねえ。最近、世間が物騒ですやろ。ここも三年前、夜に泥棒に入られて、楽器やら現金やらごっそり持っていかれたんですわ。いわゆる、なけなしの財産をね」

もう七十は過ぎていると思われる老人は、特に警備員の制服も着ておらず、作務衣《さむえ》に似た部屋着にジャンパーという迫力の欠片もない服装で、筧と伊月を幼稚園の中に招き入れた。手にした懐中電灯で地面を照らしながら、中庭のほうへと二人を連れていく。

「はあ……それで、警備員さんを置くように？」

筧は、愛想良く老人の話に相づちを打ちつつ、暗がりに慣れた目で、周囲を見回した。

筧も伊月も、この私立A幼稚園の中に入ったのは初めてだったが、さほど規模の大きくない施設のようだった。こぢんまりした園舎はコの字型で、中庭には、小さなプールと遊具、それに砂場がある。

老人は、周囲の住宅に気を遣ってか、だみ声を潜めて言った。

「いや、まあ、ホンマの警備員やなし、おるだけなんで役に立っとるかどうかはわからんですけどね。僕は、ここの園長の親父なんですわ」

「へえ？」

その話には興味をそそられたらしく、伊月が先を促すように声を上げる。老人は、人好きのする笑みを浮かべて言った。

「銀行を定年まで勤め上げて、さあこれから第二の人生をと思た矢先に、家内に先立たれまして。息子は同居をて言うてくれたんですが、お互い気詰まりでしょ。できる限り、現役でいたいと思てますし。それで、この幼稚園の園舎に部屋一つこさえてもろて、一応警備員として住み込んどるんです。ホンマの警備員を雇うような余裕はあれへんし、まあ、爺さんでも、おるだけで少しはマシやろと思いまして。年寄りが現役通そうとするんも、なかなか大変ですわ」

「……なるほどねえ。で、これがウサギ小屋ですか？」

筧は、自前の大きな懐中電灯で、目の前の小さな小屋を照らした。老人は頷き、敷地全体を囲むさして高くないフェンスに貼り付くように建てられた、トタン屋根のその小屋に近づいた。背中を丸め、いかにも嫌そうに顔を顰めて筧を見る。

「もう、血の臭いがしますやろ。見たってください」

伊月は小屋に歩み寄ろうとしたが、筧はそれを素早く制止した。

「ああ、待ってタカちゃん。先に状況お聞きしてからな。……それに、鑑識さんが他の事件で出払って、朝まで都合つけへんから、あんまり現場荒らさんようにせんと」

「あ、そっか」

伊月は慌てて足を止める。筧は、老人のほうに向き直った。

「すんません。朝になってから、またゆっくりお話聞かせてもらいたいんですけど、とりあえず、簡単に状況を教えてもろてええでしょうか」

「はいはい。できるだけ早う見てもろたほうがええと思たもんでね、朝まで待たんと電話したんですわ。何しろ……」

放っておくと老人が延々と勝手に喋りそうなので、筧はタイミングを見て問いを挟んだ。

「まず、どんな感じで気づきはったんでしょうか」

「はあ。それが、自分の部屋で……あの目の前の園舎の端っこなんですけどね、そこで寝とったら、ガサガサッと物音がして、目が覚めまして。前にも、ウサギ小屋が野良猫にやられたことがあったんで、またかと思いましてね。そんで外に出たんですわ」

筧は、小さな手帳を取り出し、素早くメモをとる。

「それは何時頃ですか？　入電は午前一時三十二分ですけど」

「何時頃ですやろ。警察に電話する前、小一時間くらい……僕、腰抜けてたと思うんですわ。あんまりビックリしたもんで……」

「はあ。じゃあ、まあとりあえず小一時間前で、零時半くらいとしときます。そんで、どうされました？」

老人は、記憶を辿るように澄み渡った夜空を見上げてちょっと考え、そして口を開いた。

「てっきり猫やと思てたもんで、懐中電灯持って『こらー！』言うて出て行ったら、逃げていく人影が見えたんですわ」

「人影!?」

「人!?　犯人見たんだ!?」

思いもかけない言葉に、筧と伊月は勢い込んで訊ねる。だが老人は、済まなそうに首を傾げた。

「言うても、暗いですやろ。僕も白内障《はくないしょう》で、そない見えへんのです。ただ、人影が三つ……いや、四つかな。フェンスを乗り越えて逃げていくんが見えましたわ」

伊月は、暗がりで切れ長の目をキラリと光らせた。

「おい、筧！　やっぱり犯人は複数だったんだ！」

筧は頷き、老人に念を押した。

「ホンマに人影で……その、三、四人でしたか？　何かこう、特徴とかわかりませんか？　服装とか体格とか」

老人はギュッと目をつぶり、またしばらく考えていた。だが、やがて首を振り、自信なさげに言った。

「自信あれへんのですけど……うん、三人か四人くらいやと思います。服装はよう見えへんかったけど、白っぽいのも黒っぽいのもあったような」

「特に統一されてへんかったんですね。帽子とかは？」

「そこまではわかれへんかったですね……。でも、体はそない大きくなかったみたいに思たけど。かと言うて、物凄い小さいようにも……すいません、ようわかりませんわ」

「いいえ、こんな暗がりだからしゃーないです。じゃあ、性別は？」

「ああもう、そんなん全然わかりませんわ。まあ、ヒラヒラしとらんかったから、スカート姿はおらんかったように思うけど」

「はあ。……ほな、あんまり体格は大柄やなく、年齢・性別は不明。服装もまちまちな三人あるいは四人組……と。彼らは、あなたの声で逃げたわけですね？」

「そうですねん。バタバタ走って逃げよりました。僕はこんな柵《さく》、よう乗りこえへんから、引き返して門から出て追いかけたんやけど、もう影も形もあれへんかって……。息切れて、しばらく門でへたりこんどりました」

「大変でしたねえ……」

覚は同情の眼差しで老人を見た。老人は、はあ、と痩せた肩を上下させてこうこぼした。

「まあ、こんな小さい幼稚園ですからねえ。夜に人間がおると思わんと入り込んできたんやろけど……最初、てっきり物盗りやと思てたんです。大したもんもあれへんのにアホやなあって。せやけど、念のため、人影が消えたあたりを見とこうと思て、このウサギ小屋んとこに来たんですわ。そしたら、嫌ーな臭いがしましてね……あとで思たら、それが血と内臓の臭いやったんですわ」

「ウサギが殺されてたってわけか……」

伊月は低く舌打ちした。老人は頷く。

「あんまり惨いことになっとるんで、腰抜けてしもて……何をどうしたらええんかわからんまま、小屋ん中でへたりこんでました」

「小屋には入られたんですね？　小屋に鍵は？」

「中が気になりましたんで。……扉は閉めてありましたけど、鍵はつけてへんかったんです。ウサギを盗む奴はおらんやろし、猫は金網さえちゃんとしとったら、扉なんか開けへんしね」

「なるほど……。他に盗難に遭ったようなものはないですね？」

「そら、ちゃんと見やんとわからんですけど、建物は入られてへんと思います。戸締まりはしてますし、窓も割れてませんし」

「わかりました。では、もう中に入って、しばらく待っとってください。寒いですし、風邪ひきはったらいけませんから」

「そうですか？　はあ……ほな、中で茶でも淹れときますわ。ご苦労さんです」

現場に留まりたそうな様子を見せた老人だったが、やはり真冬の寒さは身にこたえるらしい。ちょっと残念そうに二人に一礼すると、背中を丸めて建物の中に入っていく。

「さてと。ほな、地面から見ていこか」

　篁はそう言って、自分に気合を入れるように、肩を上下させた。両手に手袋を塡め、両足に、靴の上からビニール袋をかける。自分もそうするように指示され、伊月はちょっと不服げに言った。

「手袋はわかるけど、足もかよ。現場、けっこうもうあの爺さんに荒らされてんじゃねえの？」

「それは仕方ないねん。どこの現場でもそうや。けど、僕らがそれをさらに滅茶苦茶にしたら、残ってる手がかりまでアカンようにしてまうからな。鑑識さんに無駄足踏まさんように、きちんとしたいんや。悪いけど、協力してんか」

　生真面目にそう言われ、伊月は渋々頷いた。もとはといえば、無理を言ってついてきたのは自分なので、篁に迷惑を掛けるのは伊月とて本意ではない。指示されたとおりにラテックス手袋ならぬ台所用ゴム手袋を塡め、ゴミ袋を靴の上から被せ、ゴムバンドで留めた。

「準備完了！」

「よっしゃ。ほなタカちゃん、カメラの用意して、僕が歩くとこついてきて。そんで、僕が言うたとこ写真に撮ってほしいねん。手袋はめとっても、あんまりあちこち触らんといてな」

「わかった」

伊月は、ジャンパーのポケットからフラッシュとズームつきのインスタントカメラを取り出した。懐中電灯の光とフラッシュでは、さほど質のいい写真は撮れないが、ないよりはましである。最初の現場記録は、可能な限りきっちりと自分たちでやらなくてはならないのだ。

筧は懐中電灯で地面を照らしながら、小屋の周囲を遠巻きに一周した。そして、フェンスのすぐ手前で足を止め、地面を指さした。

「ここに、足跡があるなあ。ここ絶対踏まんといて。そんで写真撮って」

「おう」

伊月は注意深く筧の足跡をなぞって近づき、言われた箇所を写真に収めた。そして身を屈め、懐中電灯に照らされた地面をしげしげと見た。

「ふーん……。雨の後なら、もっと足跡もたくさん残ったんだろうけどな。ここんとこ雨なんて全然降ってねえもんなあ。浅くてよくわかんねえけど、園児のじゃなさそうだ」

地面にごく浅く残された足跡は、どうやらスニーカーのものらしかった。伊月は、地面に着かないように注意しながら自分の足を足跡のすぐ横に出し、強烈に器用な姿勢でもう一枚写真を撮った。これで、明日もし何らかの理由で足跡が消えていても、足跡の大きさが自分の靴のサイズから推定できると考えたのだ。

「ここ、砂場のすぐ脇やから、そっから零れた砂で、ちょっと地面が緩いんや。それで、逃げるときにこの場所踏んだ奴の足跡が、うまいこと残ったんやな。……帰るとき、ここ絶対立ち入り禁止にしていかな」

そう呟き、筧はウサギ小屋に目をやった。

「ほな、小屋のほう見よか。僕が戸を開けるから、タカちゃん後から来てな」

「おう」

筧は、足跡がそこにないことを確認しながらできるだけ少ない歩数で小屋に近づき、そして手袋を塡めた手で小屋の戸をそっと開けた。

「…………」

小屋の中に首を突っ込むと、生臭い臭いがいっそう強くなった。解剖室で嗅ぐのとはまた違い、清冽なはずの冬の風の中に漂う死臭は、やけに生々しく感じられる。

「……ここは、明るくなってからもっぺん来んとしゃーないな……。できるだけ踏むとこ少なくして、なんも触らんように見よう。僕が踏んだとこ踏んでこれるか、タカちゃん」

「努力する」

「よっしゃ。ほな、入るで。段差あるから、足元気ぃつけて。こけたら話にならんから」

「お前こそな」

憎まれ口を叩きながらも、伊月は筧の踏んだあとを慎重に辿り、小屋の中に入った。

掃除をしやすくしているのか、板きれとトタン板と金網で作った小さな小屋の床は、コンクリート張りになっていた。その上に新聞紙を敷き、わらを散らして、木材で作った暖かそうな巣箱と餌入れを置いてある。

筧の懐中電灯は、ほんの一畳半ほどの小屋の中を、薄ボンヤリと照らした。その弱々しい光の中に浮かび上がった光景に、筧はごくりと生唾を飲んだ。背後で、伊月が「ぐッ」と奇妙な喉声を立てる。

「タカちゃん……吐いたら嫌やで」

「……わかってるってんだ」

片手で口元を押さえ、伊月は掠れた声で強がった。だがその顔はみるみるうちに土《つち》気色《けいろ》になり、額にはじっとりと脂汗が滲む。

二人が見たものは、床のあちらこちらで死んでいる五羽のウサギの姿だった。白いウサギが三羽、白黒のパンダのようなウサギが一羽、そして茶色いウサギが一羽……。おそらく、数時間前まではぬくぬくと巣箱で眠っていたであろうその愛らしい生き物が、今はまるでボロ雑巾のように床に転がっていた。

特に、白いウサギの毛皮が、自分の体から流れた血で赤黒くべっとりと染まっているのが、視覚的に大きな衝撃を伊月に与えた。

「……酷《ひど》え……」

そんな伊月の呻き声に、筧は頷く余裕もなく、胸の内にこみ上げる憤りを抑えるのに必死だった。努めて冷静に大きな体を屈め、いちばん近くにいるウサギに懐中電灯を近づける。

今、自分が腹を立てても何の役にも立たない。感情的になっては、小さな手がかりを見落としやすくなるばかりだ……。かつて先輩刑事に言われた言葉を、何度も心の中で繰り返し、目の前の小さな骸《むくろ》に意識を集中する。

（せやけど、こない惨いことを……どんな人間ができるっちゅうねん！）

ウサギたちは、どれも鋭利な刃物で体を切り裂かれていた。何度も深く刃物を突き刺されたせいで、腸管が傷つけられているのだろう。内臓独特のムッとする臭いが鼻をつく。他の個体を照らしてみると、無惨にも、長い耳を切り落とされているものまでいた。

そっと触れてみても、手袋越しにはもう生き物の温もりは少しも感じられなかった。死骸の下の床には、死骸を縁取るように血液が溜まっている。

それはまさしく、人間が他の生き物を惨殺した現場であり、その光景は、伊月は勿論、もう何度か同じような現場に遭遇しているはずの筧をも打ちのめした。

「酷いもんや……」

筧の吐息のような声に、伊月はやっとのことで声を絞り出した。

「な……これまでの動物殺しも……全部こんなんだったのか……？」

その半泣きの声に、筧は無言で頷く。伊月は、こみ上げる吐き気にたまりかね、思わずその場にしゃがみ込んだ。

「タカちゃん？」

「ちょっと貧血」

長い文章を喋ればその間に吐いてしまいそうで、伊月はどうにか短い言葉で現状を伝え、しばらくこの体勢でどうにか気分の悪さをやり過ごそうとした。

だが、いったん下がり始めた血の気は、そう簡単に戻ってくれない。それどころか、どんどん視界が暗くなってくる。

(やば……!)

ここで倒れては、篁に迷惑をかけるばかりでなく、現場をこっぴどく荒らすことになってしまう。伊月はやむなく、手袋を塡めた両手を床につき、体を支えようとした。だが、わらの上に両手の指を置いたそのとき、彼は、右手の人差し指の先に走ったチクリとする痛みに悲鳴を上げた。

「いてッ」

反射的に右手を上げてしまったためバランスが崩れ、抵抗虚しく伊月はその場に尻餅をついてしまった。

「た、タカちゃん!　どないしたんや」

さすがに焦った顔で振り返った篁に、伊月は、こちらも慌てた様子で訴える。

「ごめん!　手ぇついたら、何か刺さったみたいだ。そんで、ついうっかり……」

「刺さった!?　何が!」

「わかんねえ。貧血起こして視界が暗い」

「げ。ちょー見してみ!」

筧は太い眉を顰め、懐中電灯を伊月のほうに向けた。伊月は尻餅をついたまま、右手を突き出す。その手首を掴んだ筧は、あああ、と声を上げ、伊月の人差し指から何かを抜き取った。再びの刺激に、伊月は顔を顰める。

「痛ッ」

「ホンマに何か刺さっとったで。何やろう。こんなとこで怪我したら、バイ菌とか入りそうや。とりあえず、もう小屋出よう。動けるか、タカちゃん」

「な……何とか……」

姿勢が安定したおかげで、どうにか状態を持ち直した伊月は、筧の手を借り、ウサギ小屋を出た。小屋から離れた地面に伊月を座らせ、筧はウサギ小屋の扉をしっかりと閉めてから伊月の許に戻ってきた。

「大丈夫か？」

「ああ、やっと血の気が戻ってきたみたいだ」

「いや、指」

「……あ」

立ち上がった伊月は、手袋を外した。指の付け根を強く圧迫すると、人差し指の先にぷっくりと血の玉が盛り上がる。

「場所が場所だからな。思い切り血を出して、細菌を洗い流さないと。で、結局、俺の指に刺さってたのは何だったんだ？」

「ああ、これや」

筧は、コートのポケットに入れていた小さなビニール袋を取り出した。その中に、さっき伊月の指から抜き取ったものが入っている。どんな些細なものでも、現場で発見したものは、きちんと保存しておかなくてはならないのだ。

筧が懐中電灯で照らしたそれを、伊月は顰めっ面で見た。

「何だこれ、ピンバッジかよ。こんなもんウサギ小屋に置いてたら、ウサギが踏んで危な……あ……？」

伊月は袋に顔を近づけ、首を傾げた。

「どないしたん、タカちゃん」

「何かこれ、どっかで見たような気がしねえか？」

「え？」

伊月の言葉に、筧も手のひらにビニール袋を載せ、あらためて真上からピンバッジを照らしてみた。

丸くて小さなそれは、見るからに金メッキのぴかぴか光る代物だった。表面にはクラシックな字体で赤く「P．C．」と書かれている。

「いや……僕は心当たりあれへんけど？　タカちゃん、こんなん持ってるんか？」

「いや……何かこういうの、どっかで見た気がすんだけど、思い出せねえな」

伊月は人差し指を口に含んで吸い、血液を搾り取りながら、やや不明瞭な口調で言った。

「ふーん……。まあええわ。園児が落としたんかもしれんけど、一応、物証として持って帰らんとな」

「うん。……さて、どうするよ」

とりあえず死臭から離れ、澄んだ冷たい空気を吸っているうちに、気分が落ち着いてきたらしい。伊月はようやく立ち上がった。

筧は、難しい顔に戻って言った。

「タカちゃんを僕のアパートに送ってから、署に戻るわ。できるだけ早う鑑識さんに都合つけてもろて、もっぺんここに来な。ウサギらも、はよ埋めてほしいやろしな」

「そうだな。でもお前、大丈夫かよ。ろくすっぽ寝てねえだろ？」

伊月は心配そうに言ったが、筧は真顔でかぶりを振った。

「平気や。僕はまだまだ実力が足らんから、その分、体動かして頑張らんとアカンねん」

　確かに、無理をするなと言うほうが無理な職場であることは、法医学教室に入り、刑事課の人々と知り合ってからよくわかっている。伊月は仕方なく、せめてもの励ましにとこう言った。

「そっか。俺と違って、お前はタフだもんな。まあ、ししゃものことは心配すんな。今日はたぶん休みだし、けど解剖入ったら面倒だから、俺、お前んちでゴロゴロしてるわ」

　筧はそれを聞いて、白い歯を見せた。

「ありがとうな。それだけでも僕、気が楽や。……はー、それにしても今日が日曜でよかったわ。あんな惨たらしい光景、絶対子供たちに見せられへん。一生心に残る傷をつけてまう」

「……ホントだよな」

　ついさっき見た凄惨な光景を頭から追い出すように、体に染みついた死臭を振り払うように、伊月は結んでいた髪を解《ほど》き、勢いよく頭を振った。

「ひとまず警備員さんに挨拶して、帰ろか。僕のこと気にせんと、タカちゃんは思い切り寝えや。きっとまだ、顔色真っ青やで」

「言われなくても寝るよ。まだ血の気戻り切らずに、顔がヒヤヒヤしてんだ。けど、お前も隙見て居眠りしろよ。いくらタフでも、三日も四日も徹夜じゃ、どっかで無理が来るんだからな」

「お、タカちゃんが珍しく医者らしいこと言うてるやん」

「言ってやがれ」

沈んだ心を誤魔化したくて、二人とも殊更に明るく喋りながら、肩を並べ、園舎に向かって歩き出した……。

＊　　＊

日曜日の朝、伊月はスマートホンの着信音で目を覚ました。

なー！

うるさいと言いたげに、伊月の足元に丸くなったししゃもが尖った鳴き声を上げる。

「うう……」

伊月は目を閉じたまま、手探りで枕元に置いてあったスマートホンを取り、通話アイコンを押した。

「ぼじぼじ……？」

もしもしすらろくに言えない伊月に、相手は電話の向こうで一瞬絶句する。伊月は大あくびをしながら、重ねて呼びかけた。

「ぼしぼーし？」

『……おそよう、伊月君』

それは、ミチルの声だった。伊月はぼりぼりと頭を掻きながら、スマートホンを耳に当てたままゴロリと寝返りを打った。

「何だ、ミチルさんっすか。……おそようってことは、まだ朝……？」

ミチルは深い溜め息をついてから、低い声で言った。

『ギリギリ朝よ。十一時半。今どこ？　どうやら、布団の中であることは確かみたいだけど』

「……筧んちですよ。どうかしたんすか？」

半ば答えを予測しつつ、伊月は敢えて問いかけた。

『解剖。悪いんだけど、私、今日は実家の法事で行けないのよ。清田さんも駄目らしくて。陽ちゃんは確保できたんだけど、教授と二人じゃ能率悪いでしょう。筧君ちなら、伊月君、行ってあげてくれないかしら』

「……何時から？」

『一時よ。モノは骨って言ってたから、そう時間はかからないはず。お願いできる？』

「いいっすよ。今から起きて行きます」

『ありがと。じゃあお願いね』

急いでいるのだろう、ミチルは早口にそう言って通話を切った。

にゃうー！

人間の言葉がどこまでわかっているものか、ししゃもが不機嫌そうな鳴き声と共に、俯《うつぶ》せになった伊月の背中にどっかと座る。

「あー。仕事なんだって、ししゃも。一日一緒にいるって約束破るのは悪いけど、仕方ねえだろ」

そういいながら、伊月はゴソゴソと寝床から這い出した。自動的に布団の上にころんと落とされたししゃもは、腹立たしげに長い尻尾をピンと立て、台所のほうへ行ってしまう。

まだ、昨夜のダメージが残っているのか体が怠かったが、医師には応召義務がある。やむを得ない理由がなければ、診療を拒んではならないと医師法で定められているのだ。解剖も、おそらくはそれに準じるのだろうと伊月は思っている。それに、筧はあれから一睡もせずに働き続けていると思うと、愚痴を言う気にすらなれない伊月だった。

「拗《す》ねてんじゃねえ。俺も筧も仕事！　筧なんか、ここしばらくほっとんど寝てねえぞ。お前が、あいつの分まで寝てるかもだけどな。とにかく、とっとと終わらせて、おやつでも買って帰ってやるから、そう尖るなって。な？」

窘めているのかご機嫌を取っているのかわからない台詞を口にしつつ、伊月は脱いだジャージを勢いよく布団の上に放り投げた……。

「ふー、お疲れさん。とんだ骨ジグソーパズルやったな」

伊月が解剖室の片づけを終えて引き上げてくると、都筑教授はセミナー室の椅子に腰掛け、とんとんと拳で肩を叩いていた。

「お疲れっす」

伊月は挨拶を返し、ロッカーからバッグを取り出した。できるだけ早く帰って、しゃもの相手をしてやろうと思っていたのだ。だが、自分の席で荷物をまとめていると、都筑がロッカーの向こうから呼びかけてきた。

「なあ、伊月君」

「はい？」

伊月は声を張り上げて答える。

「君、今日急ぐか？　森君は用事あるらしゅうて、書類仕上げて物凄い勢いで帰ってしもてんけど」

伊月は少し躊躇したが、正直に答えた。

「いえ、別に」

すると都筑はこう言った。

「ほな、ちょっと駅前まで飲みに行かへんか？　休みの日に来させてしもたし、予想外に遅うなってしもたしな」

「……ああ」

伊月は思わず苦笑いした。

白骨死体と聞いて、都筑も伊月も陽一郎も、所轄のM署の面々さえも、今日の解剖は二時間もあれば終わると高をくくっていた。確かに、解剖室に運び込まれたのは、土中から掘り返したという、部分的に軟部組織が残存した泥だらけの白骨だった。

都筑と伊月は、ハサミとメスと歯ブラシを使って丁寧に泥と軟部組織をそぎ落とす「骨洗い」をしながら、今日はまずまず楽な仕事だな……と途中までは思っていた。

ところが、いざ綺麗にした骨を解剖台に正しい配置で並べようとしたとき、伊月はとんでもないことに気づいた。なんと、鎖骨が三本あったのだ。

ひとりの人間に、鎖骨は左右ペアで一本ずつ存在する。何が起こっても、右の鎖骨が二本あることはありえない。そこで一同は初めて、目の前にある白骨が、複数……少なくとも二人分が混ざり合ったものだということを知ったのである。

幸い、人間の骨はほとんどが左右一対になっている。左右の骨の形状を照らし合わせながら慎重に配置していくと、幸か不幸か、はっきりと「二人目」のものと言えるのは右鎖骨一本だけだった。それでも、一人目の骨が出たのとほぼ同じ、あるいは極めて近い場所に、もう一人の骨が埋もれている可能性が高いわけで、M署の面々はガックリと肩を落として帰って行った。

そんなこんなで、意外なまでに手間取ってしまい、解剖が終わったときには、すでに午後六時を過ぎてしまっていた。職員ならともかく、一応扱い的には学生の伊月を休日出勤させてしまったことを、都筑は気にしているらしい。

「気を遣わなくていいっすよ、俺、いい勉強させてもらってますから」

伊月がショルダーバッグを肩に掛け、テーブルのほうへ行くと、都筑はニヤニヤといつもの笑みを浮かべ、かぶりを振った。

「それだけやないねん。今日、家内が実家に帰っとってな。家に晩飯がないんや」

「……なるほど」

本心を言えば、上司と二人きりの食事はいささか気の重い伊月である。決して都筑が嫌いなわけではなく、むしろ彼なりにかなり尊敬しているのだが、やはり話題を選ばなくてはならないだけに、どうしても沈黙が多くなり、それが彼を落ち着かない気分にさせるのだ。

それでも、この状況で誘いを断れば、あまりにも不義理というものだろう。一瞬過《よ》ぎったししゃものむくれ顔を振り払い、伊月は「そんじゃお供しますか」とおどけた笑みを返した……。

間奏　飯食う人々　その三

外はもう、すっかり暗くなっていた。年の瀬は、何故か町じゅうが忙しく見える。慌ただしく行き交う人たちの中に紛れて、二人は駅前のキリンシティに向かった。ビルの二階にある店内には、時間が早いこともあり、客はまばらにしか入っていない。二人は隅っこの居心地のいい席に落ち着き、速やかに注文を済ませた。

ほどなく、飲み物が運ばれてくる。都筑の前にはビールが、伊月の前にはグレープフルーツジュースが置かれた。昨夜の事件が尾を引き、酒を飲むような気分にはまだなれなかったのである。

「うちは、酒のつきあいが悪い奴ばっかしやな。まあええわ、とりあえず、お疲れさん」

「お疲れさまでしたっ」

二人は地味に乾杯し、それぞれの飲み物に口を付けた。そうしてしまうと、これといって喋ることもなく、居心地の悪い中途半端な沈黙が落ちる。

（……だから、教授と二人って気まずいんだよな……）

伊月が閉口してもじもじしていると、都筑はいささか唐突にこう言った。

「で、どや？」

「はい？」

質問の意味を捉えかねて伊月が訊ね返すと、都筑は人好きがする、しかしどこか癖のある笑みを浮かべて問いを重ねた。

「春からこっち、うちに来て過ごしてみて、どうやて訊いてるねん。ホンマはもっと早うそういう話をしたかったのに、君、僕と二人になりそうになったらスタコラ逃げてしもて、捕まえられへんかったからな」

「いや、別に俺、逃げてなんかないっす……よ？」

どうやら都筑は、伊月が二人きりになる機会から逃げがちなことに気づいていたらしい。思わぬ指摘に、伊月の語尾もつい弱くなる。だが、そんな伊月を責めるでもなく、都筑はのんびりした口調で言った。

「上司は煙たいもんと相場が決まっとるから、まあええけど。そんで、どうなんや？」

「どうって言われても……」

伊月は答えに窮して、運ばれてきた唐揚げの付け合わせのポテトチップスをぽりぽりとかじる。都筑は早くもビールのお代わりを頼みながら、そんな伊月を面白そうに見た。

「教室に溶け込むんは、ビックリするほど早かったからなあ、君。人間関係には特に問題ないやろと思っててんけど」

「それは全然ないっすよ。みんな明るいし、新入りの俺にすげえ親切にしてくれるし」

「監察の龍村先生とも、伏野君の話では、そこそこ上手いことやっとるらしいやんか」

「ん……まあそれはビミョーですけど。俺、どんくさいからしょっちゅう怒られてるし。でも、いい先生だと思います」

「そうか。そらよかった。龍村先生と喧嘩別れして泣いて帰ってきたらどないしょうて心配しとったんやで」

「そ、そんな。ガキじゃあるまいし、俺、そこまで短気じゃないっすよ。……その、監察に行かせてもらうのは、いい経験だと思ってます。うぬぼれかもしれないですけど、少しは自分で考えてまとめる力がついたような気がしますし」

「そうか。それ聞いて安心したわ」

都筑は、茹でたて熱々のソーセージに丹念にマスタードをなすりつけ、やけに幸せそうに頬張った。脇に添えられたザワークラウトが都筑の好物であることを知っているので、伊月は敢えてその皿には手を触れず、大きな唐揚げにかぶりついた。

「そんで、法医学の仕事自体はどうや？　やっていけそうか」

さりげない口調で問いかけてくる都筑の顔は笑っているが、目は真剣である。伊月も、ペーパーナフキンで唇についた油を拭ってから、少し考えて答えた。

「その……何ていうか俺、あんまり高い志で法医に来たわけじゃないんですよ。朝弱いとか、ちょっとした知り合いのつてがあったとか、臨床には向いてないと思ったとか、犯罪捜査に関係できるのはかっこいいかもとか……そんなんで」

「何や、君、法医が好きで入ってきたんと違ったんかいな」

「好きって言えるほど、法医学の仕事のこと知ってたわけじゃないですからね。実益と興味本位ってとこです。……その、すいません。ガッカリさせちまいましたか？」

「大いにガッカリや。希望に燃えた若き法医学者の卵を育ててたつもりやったのに、僕」

大袈裟な口調で嘆きつつも、そんなことは既にお見通しだったのだろう。都筑は落胆した様子も見せず、小さな目をパチパチさせて続きを促す。伊月はホッとして、再び口を開いた。

「だから、何ていうか法医学にはすげえ大まかなイメージしかなくて……それも、テレビドラマの影響で、いかにも解剖で物凄い秘密をばりばり暴いて、難解な事件の解決に貢献する……みたいなイメージがあったんです。ほら、死体は語るとかそんなこと言ってる法医学者の人もいたじゃないですか。全体的にこう、すげえかっこいいイメージで……」

「違ったんか？」

伊月は素直に頷いた。

「違いましたね。華々しい大事件なんて滅多にあるもんじゃないし、臨床のドクターと違って、どんな病気持ってるかわかんない相手をいきなり解剖するんだから、よく考えたら怖いし。設備はぼろいし、時々臭いは凄いし、夢に見るような酷い遺体を見る羽目になったりするし……」

伊月は話の途中で、都筑が気を悪くしていないかと不安になり、ちらと上司の顔色を窺う。だが都筑は、むしろ面白そうにビールを飲みながら耳を傾けている。ここまで来たら、正直に自分の気持ちを話してみようと伊月は思った。

「ホントはすげえ地味な仕事で、一生懸命やったって報われないっていうか……」

「報われへん？」

「あ、ちょっと言葉が悪いかもしれないですけど。でも、みんな法医学のこと知らないから、たまに遺族に、俺たちが好きでっていうか、俺たちの勝手な都合で身内が解剖されたんだって誤解してる人いるじゃないですか。俺たちは、嘱託されてるだけだってのに」

「……ああ、警察の説明が上手いこと伝わってへんかったりすると、たまにそういうこともあるわな」

「ええ。そうじゃなくても、解剖したって死んだ人が生き返るわけじゃなし。遺族の人が本当の死因を知って納得してくれればそれがベストの結果で、どう転んだって『解剖してくれてありがとう！』なんて喜んでくれることはないわけでしょう？　正直、貧乏くじな仕事だなって思いました」

「……何や、早くも辞めたなったんか？」

そこで、都筑は初めてちょっと不安げな声音になった。伊月は、小さなフライパンで焼き上げられたパエリアを二枚の皿に取り分けながら、「んなわけないじゃないですか」ときっぱり否定した。

「報われなくても、やりがいはあると思ってますよ。すげえ勉強になったし。……その、解剖のテクニックのことだけじゃなくて」

「他に、どんなことが勉強になったんや？」

伊月は、絶望的に量の少ないパエリアをほとんど一気に掻き込み、咀嚼しながら考えて答えた。

「どう言えばいいのかわかんないですけど、一言で言やあ、世の中にはいろんな人がいるってことですかね」

「色んな人？」

「ええ。自分の尺度で測りきれないっていうか、何でそんなことするのか、理解どころか想像もできない人が、すぐ近くで暮らしてるんだなあって」

「ほう？」

「これも勝手な思いこみですけど、俺、人が人を……いや、人命だけじゃないな。人が他の生き物の命を奪うときって、何か理由があると思ってました。だけど、この教室に入って、命の重さと軽さを同時に感じた気がするんです」

「君はなかなか詩人やな。どういう意味や、それ」

「嫌だなあ、俺、ボキャブラリー乏しいから、こういう話ホントは苦手なんですよ？」

「ええから。こんな席やん、ざっくばらんに喋りいな。グラス空やで、何か頼み。食い物も」

促され、伊月は通りかかったホールスタッフにカシスオレンジを注文した。どうも、素面で語るには気恥ずかしすぎる話題だったのである。ついでに、ガーリックトーストとピザマルゲリータ、それにジャーマンポテトを追加する。

飲み物が来て、それを一口啜ってから、伊月は話を再開した。

「だって俺たちの仕事って、思いもよらないタイミングで死んじゃった人と、その家族に接することが多いじゃないですか。普通に暮らしてて、ずっと同じ生活が続くと思ってて……そんなとき、突然家族の誰かが死んで。そうなって初めて、これまで空気みたく当たり前だった死者の存在が、物凄く大きなものだってことに気づいて、家族の人は取り乱すでしょう。そういうのを目の当たりにすると、ああ、人の命ってホントに重いんだなあって感じるんです」

「せやな」

都筑は頷く。伊月は甘いカクテルを飲みながら、長いソーセージにケチャップをつけて口に運んだ。

「だけど、その一方で、特に何の理由もなく殺される人間を、俺ら何人も……それこそ先生やミチルさんは、俺の何十倍も見てきたわけでしょう？」

「ああ……せやな。何や、最近になって特にそういう事件が増えた気がするわ。前に、刑事一課長に会うたとき、そんな話をしたんや。最近は、物凄い簡単に人殺しが起こるて」

「そうですよね。ちょっといちゃもんつけられたからとか、気に入らなかったからとか……はたまた気に入り過ぎたからとか。極端なのだったら、たまたまそこを通りかかったからとか」

「うん。昔はもっと、人が人を殺すには理由があったんや。だからこそ、イギリスの有名な殺人鬼の切り裂きジャックが、あんなに有名になったんやろ。今でこそ真相が暴《あば》かれたりしとるけど、当時は猟奇的で動機がわからない連続殺人やったんやもんな。その頃は、ずいぶん珍しいケースやったんやろうと思うわ」

「ですよね……。そういう事件にぶち当たるたびに、そういう事件を起こす犯人たちにとっては、命なんて紙くずより軽いんだなって感じるんです」

伊月は溜め息をついた。

「ほら、こないだからの連続動物殺害事件とかも、相手が動物だから軽く見られてるけど、ホントはすげえ深刻な事件だって、俺思うんですよ。ペットに対してはいろんな思いがあるだろうけど、俺みたく、ペットを家族とか仲間みたく感じる奴はきっといて……」

伊月は、筧家でふて寝しているであろうしゃものことを思いだし、苦笑いで言葉を継いだ。

「そういう奴にとっては、ペットを殺されるってことは、物凄いショックなんですよね。しかも、犯人ばかりか、動機だってわからない。楽しみのために殺されたのか、それとももっと深い理由があるのか……」

都筑は、手振りでカウンターの中の店長にビールのお代わりを注文してから、珍しくシニカルな口調で言った。

「動物を殺すのに、楽しい以外の理由なんかあれへんやろ。僕ら子供の頃、動物に今思たらえらい残酷なことして遊んだもんや。アリの巣に水入れたり、トンボの足に糸つけて飛ばして、足全部取ってしもたり……カエルの尻《しり》に爆竹突っ込んで……」

「うわー！　何てことすんですかッ！」

伊月は血相を変えて都筑の話を遮る。その顔が、店の暗がりにも明らかに青ざめているのを見て、都筑は怪訝そうに眉を顰めた。

「君ら、せえへんかったか？」

「しませんよ、そ、そんな酷いこと」

「まあ、程度の差こそあれ、酷いことに違いはないわな。アリの巣に水くらいはやったけど……」

いつからそれがアカンことやと思ったんかは覚えてへん。理不尽な殺戮《さつりく》や。自分が、けど、結局小さい頃にそういう間違いを犯したおかげで、僕らは自然に命の大切さを学んだと思うんや。難儀なもんで、過ちを踏まえんと進歩できへん生き物やからな」

「そう……ですか？　俺はそんなことしなくても、ちゃんと知ってますけどね。どんな生き物でも、命は重いんだって」

伊月はいかにも嫌そうに、すんなり通った細い鼻筋に皺を寄せる。都筑は、微妙に薄くなりかけた髪を撫で、いささか気まずげに言った。

「ほな、君は賢い子供やったんやろ。けど、考えてみ。今の都会の子は、自然の中で小さな命に触れるような機会がないやろ。せやから、僕らがうんと小さい頃にやってしもた、理由なく弱いものや小さいものを傷つけるっちゅう間違いを、うんと成長してからやってしまうん違うかな」

「そういう……ものなのかな……」

「たぶんな。まあ、僕かて犬やら猫やらウサギやら、可愛いとは思うても殺したいと思うたことはないから、動物殺しの犯人の心理は、皆目わからんよ。それこそ、犯人には誰にも覗けん心の闇があるんやろな」

「心の……闇、かあ。この業界に来て、やたらそればっか見てる気がしますよ、俺。光なんて滅多に差さない感じ」

いかにもうんざりした様子の伊月に、都筑はしんみりと笑ってこう言った。

「今からそんなに嫌気が差しとったら、この仕事は勤まらんで。……前に、『無明《むみょう》の闇』の話をしたったん覚えてるか？」

伊月は軽く首を傾げ、曖昧に頷く。

「そんな言葉……聞いたような気が。何でしたっけ。悟りが開けないもやもやした状態のことでした？」

「せや。無明っちゅうのは、人間の煩悩《ぼんのう》……欲望やら執着心やらの根っこにあるもんなんや。その無明をぶっ壊すもんは何か知っとるか？」

伊月はさらに深く首を横に倒し、しばらく考えてから答える。

「巨大なサーチライト？」

「アホ。詩人やったら、もっと文学的なもんを考えんかいな」

「思いつきませんよ。だいたい俺、詩人じゃありませんってば」

伊月はむくれ顔で、どうにも控えめな大きさのピザを二切れ一度に口の中に押し込んだ。綺麗な顔がムーミンのように変形することなど、おかまいなしだ。

「無明を壊すんは、『禅定《ぜんじょう》の弓』と『慧《え》の矢』や」

「何すかそれ」

都筑は、いかにも教師らしい歯切れのいい口調で簡潔に説明した。

「『禅定の弓』いうたら……そうやな。人間が修行して、現世のもろもろのことから離脱した清らかな状態を弓にたとえたもんやていうたらええんかな。そのニュートラルなとこに『慧の矢』、つまり知恵のたとえやけど、それが合わさって初めて、人間は煩悩を打ち払うことができるっちゅうねん」

「俺、馬鹿だからよくわかんないですけど、どういう意味ですか？」

不審げな伊月に、都筑はのんびりした声音で言った。

「『禅定の弓』と『慧の矢』が揃って初めて役に立つ、すなわち人間が正しゅう生きていけるっちゅうことや。いくら心が澄んどっても、そこに愚《おろ》かな知識ばっかり植え付けられたら、ろくなことにならん。反対に、知恵があっても、それが欲深い悪い心に宿ったら……」

「どえらい犯罪者になっちまいますね」

「そういうこっちゃ。知恵言うても勉強だけとは限らん。人間は生きていくうちに、いろんな経験をして、その人なりの『慧の矢』を手に入れるんやろう。けど、今の世の中、その知恵を正しゅう生かすための『禅定の弓』を手に入れるんが、ホンマに難しいんかもしれへんな」

「……それって、自分自身への戒めっすか？」

「憎たらしいことを言いよるわ。伏野君の下に君をつけたんは、毒舌を習わせるためと違うで」

「うはは。今頃ミチルさん、どっかでくしゃみしてますよ」

二人は顔を見合わせて小さく吹きだし、それきり他愛ない話に興じたのだった……。

四章　もつれる蜘蛛の糸

店を出たとき、時刻は八時過ぎだった。軽く酔って熱い頬に、夜の風が心地よい。会計を済ませている都筑を階段の下で待っていた伊月は、目の前を次から次へと子供たちが通りかかるのに気づいた。親らしき大人と一緒の子もいれば、仲間と連れ立って歩いている子もいる。スマートホンで誰かにメッセージを打ちながら歩く子もいて、その光景はいかにも今時の子供らしい。

(何で、こんな時間にガキがぞろぞろ歩いてんだ？　見たとこ小学生……あ！)

そのとき伊月は、子供たちが皆、お揃いのショルダーバッグを斜めがけにしているのに気づいた。

大ぶりのデニムのバッグには、「V」というアルファベットが、でかでかと赤くプリントされている。それを見れば、子供たちがどこから出てきたかは明白だった。

(なるほど……。ビクトリー塾の生徒たちってわけか。塾帰りなんだな)

「待たせたな。……あ？　どないしたんや？」

階段を下りてきた都筑に肩を叩かれ、伊月はハッとして振り返り、頭を下げた。

「あ、ご馳走さまでした」

「いや、このくらい構へんよ。それより、何を一生懸命見てたんや？」

伊月は、視線を駅のほうに向かう子供たちに戻した。

「や、ほら、あれすぐそこの角曲がったところのビルん中にある、『ビクトリー塾』の生徒ですよ。塾オリジナルのバッグ持ってるでしょう」

都筑は、嘆かわしそうに嘆息した。

「ああ、中学受験の塾やったか。今時の小学生は大変やな、こんな時間まで勉強か。僕ら子供の頃は、もっと呑気やったけどなあ。九時には寝かされとったわ」

「そ、そりゃちょっと早すぎるかも。でも、確かに大変ですよね。俺たちの頃より、もっと厳しくなってんだろうな。しかも日曜だってのに」

「科捜研に聞いたけど、こないだの殺人後放火事件の容疑者は、そこの副塾長なんやろ？　難儀やな、子供らも。受験間近で、土曜も日曜もないような生活しとるんやろに、そこへもってきて先生が逮捕されたら、きっと不安やろう」

都筑は声を潜め、気の毒そうに言った。伊月は頷き、しかしそのとき頭をちらと過《よ》ぎった考えに、行き過ぎる子供たちを眺める姿勢のまま、硬直してしまった。

(殺人後放火事件……!?)

「何だ、そうか！」

いきなり大きな声を出して手を打った伊月に、都筑は驚いて軽くのけぞる。そんな動作をすると、まったくもって写楽の大首絵にそっくりのポーズになってしまうのだが、本人はそんなことには一生気づかないことだろう。

「伊月君？　今度は何や」

伊月は、酔いで上気した顔をさらに赤らめ、勢い込んで言った。

「何で思い出せなかったんだろう！　先生の、殺人後放火事件って言葉で思い出しましたよ。昨夜、筧と幼稚園のウサギ小屋で……あ……！」

都筑の白髪交じりの眉がピクリと動いたのを見て、伊月はハッと息を呑む。昨夜のことは秘密にしておかなくてはならないというのに、興奮のあまりうっかり口走ってしまったのである。

都筑は疑り深そうな目つきをして、探るように問いかけてきた。

「昨夜、筧君と何やて？」

「いや、その！　な、何でもありませんっ」

伊月は慌てて両手を振って誤魔化そうとする。都筑はさすがに怖い顔で問い詰めてきた。

「ホンマか？　その慌て様は怪しいな。筧君とウサギ小屋がどうとか聞こえた気がするんやけど」

「ええと……それはその、か、筧とちょっと遊んでただけで！」

「遊んでた？　大の男が二人してウサギ小屋でかいな。まさか君、夏の大失態に懲りんと、また警察の仕事に首突っ込んでるん違うやろな。何ぼ何でも、あんなこと二度も三度もやられたら、僕かてそういつもは庇うてはやれんで？」

「や、大丈夫！　全然平気っす！」

「何が平気な……」

「とにかく！　俺、用事思い出したんで、これで失礼します！　また明日。お疲れさまでしたッ」

「あ、こら、ちょー待ち、伊月く……」

都筑が引き留めようとするのを無視して、伊月はその場から駆けだした。

しばらく走って、都筑が追いかけてこないのを確かめてから、伊月はポケットからスマートホンを取り出した。かじかみ始めた指で慌ただしく、筧のスマートホンに電話をかける。数回のコールで、筧が出てきた。

『もしもし、タカちゃん？　どないかしたん？』

ヒソヒソ声で話しかけてきた筧に、伊月は勢い込んで言った。

「おい、お前今どこにいる？」

『署内やけど』

「だったら、昨夜のあれと、こないだのあれ見ろ、今すぐ！」

電話の向こうで、筧は呆れ声を出した。

『はあ？　あればっかりで、全然わからへん。落ち着いて喋ってや。あれとあれって何？』

伊月は、道ばたで地団駄《じだんだ》を踏まんばかりの勢いで言った。

「だから！　昨夜、ウサギ小屋で俺の指に刺さった奴！　お前、引っこ抜いてビニール袋に入れて持って帰っただろ」

数秒の沈黙の後、筧は間の抜けた声で「ああ」と言った。

『ピンバッジのことやな。あれ、留め具があれへんから、ポケットの中で僕のコートにまで刺さって難儀やったわ。あれがどないかしたん？』

伊月は苛々して早口に言った。

「だから！　あのバッジ、どっかで見た気がするって俺言ったろ？」

『ああ、そんなことも言うてたっけ』

「今、思い出したんだよ！　あのバッジ、火事のバッジと一緒だ！」

『火事？』

「あの、何とか虎吉《とらきち》だっけ寅蔵だっけ、そんな名前の人が殺されて、そのあと放火された事件あったろ？　あれの解剖のとき、ミチルさんが遺体の後頭部から見つけたバッジ！　あれと同じなんだよ」

『……え？』

まだピンとこない篁に焦れて、伊月は声のトーンを跳ね上げる。

「だから！　あの丸い金ぴかのバッジ！　どっちのバッジにも、赤い字で『P.C.』って書いてあったろ！」

『そうなん？　僕、火事場のバッジのほうは、タオル洗っとったからちゃんと見てへんねんけど』

「そうなんだよ！　ああくそ、俺がそっち行って確かめたいけど、さすがにまずいよな？」

『アカンて。昨夜、タカちゃん連れて現場へ行ったんは、内緒にしとかんと。僕、上司にしばかれてしまうわ』

　ちょっと焦った様子で筧は言う。いくら伊月が法医学教室の医師でも、その職務はあくまで解剖による死因の究明あるいは物体検査であって、捜査に関わることはできない。筧はきっぱりと伊月を制止した。

「わかってるって。じゃあ、今すぐ確認してくれよ。で、俺が間違ってなかったら、電話してくれ」

　予想外に聞き分けのいい伊月に、筧はホッとした様子で言った。

『わかった。タカちゃんはどこなんや？　外？』

「俺、今駅前。今日、解剖あってさ。終わって、教授と飯食ったとこで思い出したんだ。これからお前んち行くとこ」

『わかった。ほな、スマホに電話するわ』

「頼む」

　通話を切って、伊月はスマートホンをジーンズのポケットに突っ込み、歩き出した。かなり筧のアパートに近づいたあたりで、スマートホンが振動し、着信を知らせる。液晶画面には、筧の名が出ていた。

「もしもし？　どうだった？」

伊月が訊ねると、筧はすぐに言った。

『ちょうど係長がいてはったから、火事場から持って帰ったピンバッジ、見せてもろた。タカちゃんの言うとおりや。ウサギ小屋で、タカちゃんの指にささったバッジと同じもんやで！』

さっきの電話では疲れが滲んでいた筧の声にも、少し活気が戻っていた。たとえ些細な発見でも、自分がかかわっている二つの事件に関係があるかもしれないという可能性が、彼に疲労を忘れさせているのだろう。

伊月は、暗い夜道で立ち止まり、スマートホンを押し当てた左耳に意識を集中させた。

「で、どうなんだよ。係長って、中村さんのことだろ？　何て言ってんだ？」

T署の中村警部補は調子のいい洒落者だが、頭のほうもかなり切れるし、フットワークもいい。伊月は、この小さな発見を、中村がどんなふうに解釈するか、興味津々だった。

だが筧はあっさりと、

『ふーん、おもろいけどまだようわからんな、って言うてはるよ』

と言った。

「よくわかんないって……」

『せやかて、焼け落ちたアパートとウサギ小屋から同じピンバッジが出ただけで、それがどういうことかなんてわかるわけないやん』

「う……そ、そりゃそうか」

『とりあえず、明日の取り調べで、バッジのこと訊いてみるて言うてるけど……そもそも、現場に落ちてて、たまさか被害者の頭に刺さったバッジやから、容疑者のもんかどうかもまだわかれへんしな』

「そうだな……」

急にシュンとした伊月に、筧は笑いを含んだ声で言った。

『僕、今日はもうすぐ上がれそうやねん。せやからタカちゃん、アレやったらししゃもの餌はええで。ここんとこ、家に帰ってへんやろ？　そろそろ叔父さんにも顔見せんとアカンのと違うか』

「ん……それもそうだよなあ。まあいいや、もうお前んち近いから、飯だけ食わせて帰る」

『ありがとうさん。ほな、気ぃつけて帰りや』

「おう。お前もな。お疲れ」

通話を切り、スマートホンをポケットに戻すと、伊月は思わずふうっと溜め息をついた。

(ああ、また悪い癖が出ちまった)

筧のアパートに向かって歩きながら、伊月は片手で自分の頭をポカリと叩いた。

一昨日、龍村が言っていたことを思い出す。

『たまに刺激がほしいと思ってしまうことはあるがな。……だがそれは、自分の感覚や感情のアンテナが鈍っている証拠だ』

法医学教室に籍を置いて半年あまり、伊月もすっかり法医学教室での生活に慣れた。

慣れるという現象には、いい面もあれば悪い面もある。一般人にとってはとんでもないこと……非日常の極みである解剖という行為が、法医学の世界にいると、パン職人がパンを焼くくらいに当たり前の単調な作業になってしまうのだ。

(正直言って、司法解剖ってもっとエキサイティングなもんだと思ってたんだよな。でも、やってみれば、焼死とか水死とか、けっこう作業的には単純な奴が多くて。最初は、どんな解剖でも「おおおっ」って驚いてたけど、だんだん「またか」って思うようになって……)

勿論、どんな解剖であっても、新人の伊月には学ぶべきことがたくさんある。単純作業だからといって手を抜くほどの技量はないし、医師として人として、そんなことは死んでもしないつもりではいる。

それでも、新入社員が大きなプロジェクトに参加したいと思うように、新米法医学者もまた、捜査本部が立ち、連日ニュース番組で報道されるような大事件に関わってみたいと憧れてしまうものなのだ。

(無理矢理二つの事件を結びつけて、こりゃでっかい事件になるかもって、俺、ワクワクしてたのか……。最悪だ)

さっきまでの高揚感はどこかに消え去り、自己嫌悪が胸を焼く。

『そういうとき必要なのは、気分転換だよ』

龍村はそうも言っていた。

「だよな。気分転換。……よし、いっちょ帰って、叔父貴に話つけてみっか！」

そうひとりごち、伊月は大股に、人通りが疎《まば》らになった細い通りを歩いていった

……。

＊　　＊

　翌日の夕方、O医大法医学教室の解剖室では、ちょっとした……伊月の言葉を借りれば「ある意味エキサイティングな検案」が行われた。

「やあ、ホンマにえらいすんません。まさか、こんなもんを先生方にお願いする羽目になるとは、思いませんでしたわ」

　中村警部補は、いつにも増してポマードの香るツヤツヤの髪を撫で、おどけた調子でぺこりと頭を下げた。

　ワイシャツに白衣を羽織っただけの都筑も、苦笑いでそれに応えた。

「ホンマやな。おい、伏野君。どないしようか」

　声を掛けられて、解剖台に向かっていたミチルは、渋い顔でクルリと振り向いた。

「面白がらないでくださいよ。何をどうしようか、今考えてるところなんですから」

「ほな、とりあえず今のうちに、全身の写真撮っときますわ。森君、悪いけど定規置いてもらえますか。ああその、カギになった奴でええです」

「ああ、はい」

「先生方、ちょっとどいてもらえますかね」

解剖台からミチルと伊月を離れさせ、清田と陽一郎はキビキビと動き始める。

清田のご自慢のカメラのレンズが捉えた、解剖台の上の死体……それは人間ではなく、一羽のウサギだった。

そう、一昨夜、筧と伊月が見た、私立A幼稚園のウサギ小屋で惨殺された五羽のウサギのうちの一羽を、中村がO医大法医学教室に持ち込んできたのだ。

最初、中村に「ウサギが、ですな」と言われたとき、てっきり自分が無理矢理筧に同行したのがばれたのかと、伊月は肝を冷やした。

だが実際はそうではなく、筧からこれまでの捜査の進行状況が芳しくないことを聞いた中村が、殺された動物の死体を法医学教室で検案してもらえないかと頼みに来たことを知り、伊月はホッと胸を撫で下ろした。

「僕らは専門家やないから、どこまで役に立てるかはわからんけど、まあ、持ってきてみいな」

都筑が鷹揚にそう言って申し出を承知したので、人間の解剖が終了した夕方六時から、教室にとって初めての「ウサギの検案」が行われることになったのだった。

だがいざ検案を始めようかという段になって、都筑が「この手の目新しいことは、僕が経験したら勿体ない。先の長い二人で、考えてやってみ」と言いだし、伊月は当然のこと、さすがのミチルも途方に暮れているというわけだった。

都筑は、ニヤニヤ笑いでこう言った。

「何や大袈裟やけど、伏野先生と伊月先生が色々考えとる間に、状況聞かせてもらおか」

中村は頷き、いつものようにタオルを濡らして絞り、準備をしていた筧を手招きした。

「わかりました。ほな、担当の者に説明させますわ。筧！」

「はいッ」

筧は飛んできて、筆記席の前にしゃちほこばって立つ。

「……ねえ。連続動物殺害事件の担当って、筧君だけなの？」

それを見て、ミチルは伊月の小脇を小突いて囁いた。伊月は小さく肩を竦める。

「上司がみんな、人間の事件で手一杯だからだそうっすよ」

「……大変ね。筧君も動物たちも」

本気とも皮肉ともつかない台詞を口にして、ミチルは筆記席に近づいた。

「あのっ。ええと、これはご存じのとおり、T市とI市の一部で最近起こっている、連続動物殺害事件の最新のものです。数日おきに、公園や河原の野良犬、野良猫、アヒルなどや、小学校や幼稚園、保育園で飼育しているウサギや鶏が傷つけられたり殺されているもんで……ええと……！」

こんなふうに皆に注目されて喋ることになれていないのだろう、筧は耳まで赤くして、直立不動で声を張り上げる。都筑は今にも吹き出しそうな口元を片手で押さえて誤魔化し、助け船を出してやった。

「まあ、そない頑張らんでも、この部屋狭いから十分聞こえるで、筧君。……他の事件はともかく、このウサギ君については、どういう状況なんや？」

「あ、はいッ。これは、昨日午前零時半頃、T市A町私立A幼稚園敷地内のウサギ小屋で、殺害された五羽のウサギのうちの一羽です」

「ウサギ小屋？　昨日午前零時半頃言うたら、一昨夜やろ……。ははーん……」

読めたぞと言いたげに、都筑はカミソリ負けのある顎を撫で回し、伊月をジロリと見る。伊月から話を聞いているミチルは、クスリと笑みを漏らした。

（やべえ……）

伊月は中村にばれないように、こっそり両手を合わせ、都筑を拝むポーズをして見せた。中村に自分の暴挙がばれて、筧が叱責されることだけは避けたい一心である。

それは十分承知しているのだろう。やれやれという顔つきで、都筑は同じく硬直している筧に向き直った。

「そんで？　現場はどんな感じやったんや。誰か目撃者は？」

「は、はいっ。幼稚園には住み込みの警備員がおりまして、彼がフェンスを乗り越えて逃げていく三人あるいは四人の人影を見たと言うてます。性別や年齢、国籍はまったく不明ですが、それほど大柄ではなかったと言うことです。現場に足跡が一つだけ残ってました。……これです」

筧は、おそらくその日の朝に鑑識が撮影し直したものらしき写真を、都筑に示した。そこには、あの夜、伊月と筧が見たフェンス際の足跡が、クッキリと写っている。

「ほう」

都筑とミチルは、その写真を覗き込んだ。筧は、伊月に背中を向けたまま、説明を続ける。

「靴の大きさは二十三センチ、種類はスニーカーで、メーカーも判明してます。国内有名メーカーの、特に珍しくないものです」

ミチルは興味深げに言った。

「足跡は一つだけなの？」

「はあ。地面は土なんですが、ここんとこ快晴続きだったために、スニーカーの足跡が残るほど柔らかくなかったんです。そんで、砂場の脇で、さらさらした砂が積もったここだけに偶然残ったようです」

「ああ、なるほど。で、これが犯人のものであることは確か？」

筧ははっきりと頷いた。

「はい。勿論、こんな足のでかい園児はおりませんし、保護者は砂場やウサギ小屋のほうまでは近づきません。職員の靴も全部調べましたけど、誰とも合致してません。それと、足跡がフェンスに向かっていることから、おそらく犯人が、警備員に見つかってフェンスを乗り越え、逃げるときについたものだと思われます」

「なるほど……。それにしても、二十三センチか。わりに小さいわね。これは、先入観を取っ払わないとかな」

ミチルの呟きに、伊月は不思議そうに訊ねた。

「先入観って？」

「つまり、何となく連続動物殺害って聞くと、犯人像として男性を想定しちゃうけど、女性の可能性も大きいってことよ」

「……あ……そういえば。何か当然のように、男だと思ってた、俺も」

「でしょう？　だけど、男性で足のサイズが二十三センチって人は、わりに少ないんじゃないかしら。女性でも、二十四、五センチは最近ザラだもの」

「そういやそうですよね。テレビで、深田恭子《フカキョン》の足はでかいって言ってたもんなあ」

「せやな。よっぽどでっかい犬とかやなかったら……ウサギやら猫やらやったら、女性でもどうにもなるわな」

　都筑は感心したように言い、中村も何度も頷いている。

「それで？　他に犯人の手がかりは？　フェンスを越えて逃げたのなら、指紋とか……」

　それには、中村が代わりに答えた。

「まあ、指紋自体は、いろんな人間のものがしこたま採れとるんですが……申し上げるようなことは特に」

「……なるほど。じゃあ……」

「これまでの事件同様、決定的な手がかりはなしです。ただ、目撃証言があって、犯人が複数名っちゅうことと、この足跡、それに……これが何の意味があるかはわかりませんが、おい、筧」

　中村に促され、筧は手袋を外した。そしてジュラルミンケースから二つの小さなビニール袋を取り出し、書記席に置いた。伊月は満足げな顔をし、都筑とミチルは怪訝そうに眉を顰める。

「これは？」

　筧は一瞬振り返って伊月を見たが、すぐに目を逸らし、説明した。

「これは、先日そちらでお願いしました、殺人後放火事件の被害者、竹光寅蔵さんの後頭部に刺さっていたピンバッジ、こちらが一昨夜、ウサギが殺された現場である小屋の中に落ちていたピンバッジ……二つとも、同じ物です」

「へえ」

　どこぞのテレビ番組の出演者まがいのわざとらしいリアクションをして、ミチルはちょっと上目遣いで筧の面長《おもなが》の顔を見た。

「それで、これを筧君はどう思うの？」

　その悪戯っぽい目つきから、ミチルが伊月からあの夜のことはすべて聞いていると察した筧は、何とも居心地悪そうな顔をして、やや口ごもりつつ言った。

「や……わかりません。竹光さん殺害の容疑者、ビクトリー塾副塾長を問い詰めてみたんですが、バッジについては知らぬ存ぜぬで。まあ、火災現場ですから、どこの部屋の誰のものかはまったくわかりませんし」

「つまり、たまたま同じピンバッジが二つの現場から出てきたっていう事実だけで、二つの事件に関係があるかどうかはさっぱり？」

「わかりません！」

筧と中村が声を揃えて答える。ミチルは苦笑いで伊月を見やった。

「……なんだって、伊月先生。それで、殺された五羽のウサギのうちの一羽を、ここに連れてきたってわけね」

一同の視線が、人間用の解剖台のど真ん中に小さな白いシートを敷き、その上に寝かされたウサギの死体に集まる。

中村は、分厚い調書をテーブルに置いて言った。

「これが、連続動物殺害事件の、殺された動物たちの写真なんですがね。犬とか猫とか、比較的大きな生き物のときは棒状鈍器で殴打してから刃物で、今回みたいに小さな生き物のときには、最初から刃物で滅多切りにされてまして……」

「殺され方が共通しとるっちゅうことかいな」

「ええ。それで、せめて凶器が同定できたら、手がかりが一つでも増えてええやないかと。……昔から、こういう動物殺しは時々あったんですけど、これまではそう大ご

とにならんかったんですよ。飼い主が諦めて落着っちゅうことでね」

中村は、いかにも鬱陶しそうに大袈裟に顔を顰め、言葉を継いだ。

「けど、最近はどうにもこうにも。コンパニオン・アニマルっちゅうんですか？　ペットがえらい大事にされてますやん。動物愛護法もできましたし。せやから、こんな事件が続くと、世間からの風当たりもけっこうきついんですわ。地元の動物愛護協会からも、しっかり捜査せんかいてせっつかれましてね」

「……なるほど。それにしても、どうしたものかしら。私、人間以外の死体を診《み》るのは、医大の講義でラットの解剖をして以来なんだけど」

「俺もですよ」

ミチルと伊月は、当惑顔を見合わせた。

「まあ、頑張りや。僕はここで高みの見物をさしてもらうわ」

呑気にそう言って、都筑は、いつもは警察が器材を置くのに使っている木のベンチに腰を下ろした。

それを恨めしげに睨んでから、ミチルは清田を見た。

「全身写真は、もう？」

清田技師長は、勢いよく頷く。

「はあ、もう裏表完璧ですわ」

「了解です」

ミチルはゴム手袋を二重に塡めた手で、無惨に切り刻まれたウサギの死体に触れた。

「他の四羽も同じような状態で？」

「はい。これがいちばんこっぴどくやられてました」

筧はそう言い、沈痛な面持ちでウサギを見下ろした。

そのウサギに、伊月も見覚えがあった。茶色いウサギ……伊月のいちばん近くで死んでいたウサギである。長い左耳がほとんどちぎれそうなくらい深く切り込まれており、毛皮も自分の流した血液で、ベタベタに固まってしまっている。その、今はほとんど死後硬直も解けた胴体には、縦横無尽に深い傷が走っていた。

「……とりあえず、血を洗い流して、損傷をきちんと観察しましょう。こんなベタベタじゃ、話にならないわ」

とにかく、死体を診るという行為に、人間もウサギも変わりはない。そう腹を括ったのだろう。ミチルはきっぱりとそう言って、摂氏四度の冷蔵庫に保存されていたため、氷のように冷たいウサギの体を両手で持ち上げた。深いシンクに浅くぬるま湯を

張り、ウサギの体を横たえる。

「伏野先生、着替えたほうがいいんじゃありませんか？」

都筑と同じく服の上から白衣を羽織っただけのミチルに、陽一郎は筆記席から心配そうに声を掛ける。

「そうね。服をビシャビシャにしちゃいそう。伊月君、頼める？」

「ああ、はい」

伊月は、まるで赤ん坊を入浴させる若い両親のようだと変な感慨を抱きつつ、白衣の袖をまくり上げ、エプロンをつけて、ミチルからウサギを受け取った。本当に赤ん坊を洗うように優しく、手袋の指先で、濡らしたウサギの毛皮を解《ほぐ》そうとする。

だが、それは想像以上の重労働だった。血糊《ちのり》と毛が合わさってできた固い塊は、なかなか解けてくれない。オペ着に着替えてきたミチルと二人で悪戦苦闘したが、ほどほどのところで諦めるしかなかった。

「……ぴかぴかにしてあげるってわけにいかなくてごめんね」

そう謝りつつ、ミチルはウサギを固く絞ったタオルの上に置き、パタパタと軽く叩くようにして水分を拭き取った。どうにか観察が可能になったところで、再びシートの上に戻す。そこであらためて写真撮影を行い、ようやく本来の「検案」が行える状態になる。

「頭部損傷を観察すると思えばいいんだわ」

「なるほど」

ようやく要領が摑めてきた様子で、ミチルと伊月は創の一つ一つを観察した。

それは中村や筧がいうように、鋭利な刃物特有の、創縁がかなりクリアな、そして創口の大きさに比べると、創洞、すなわち奥行きの深い傷だった。薄い人間の皮膚と違い、比較的分厚い毛皮に包まれたウサギの体である。それでこの深さなら、人間相手ならもっと深い傷を負わせることができただろう。

「どう思う？」

あちこちの創を露出させ、清田にその都度写真撮影をしてもらいながら、ミチルは伊月に問いかけた。

「ミチルさ……違う、伏野先生は？」

「年上の質問には、先に答えるものよ」

「……そんな決まりあったかなあ」

「あるの。さ、どう思う？」

重ねて促され、伊月は渋々答えた。

「わりに短い創と、長い創があるじゃないですか。これ、短い創が刺創ですよね。で、刺した刃物が、ウサギの動きとか、刺した奴の手の動きとかで、体内で刃物が動いちゃった奴が長い創なんじゃないかな。刺切創って奴？」

「そうね。私もそう思うわ」

ミチルは頷く。伊月は少し勢いづいて、あまり自信のない考えも口にした。

「でも……何ていうか、包丁とかサバイバルナイフで刺した傷と、ちょっと違う気がするな」

「どんなふうに？」

「……上手くいえないけど、何となく……」

「そこまでか。でも上出来。私もそう思うわ」

ミチルはそう言って、ステンレスの定規を手にした。そしてそれを、まだ濡れた毛を撫でつけて露出した創口に当てる。

「創の長さ、約一・九センチ。かなり幅の狭い刃物よね。創角は、一方が鈍で、一方が鋭。鈍といっても、峰は相当狭いわ。一ミリ以下ね」

「……そうっすね」

「見て」

ミチルは次に、ゾンデを手に取った。そんな大層な名前がついていなければ、ただの太い針金であるそれを、創口にそっと差し入れる。

「ほら。風変わりな傷よ」

「どんなふうにでっか？」

いつの間にか、中村と都筑、それに筧も解剖台の近くに来ている。陽一郎も、筆記席から伸び上がるようにして、ミチルの手元を見ていた。

「つまりね。創底……傷口の底までの深さが全然違うのよ。こっちの、創角が鈍なほうは、ほとんど切れてないの。だけど……創角が鋭なほう。こっちを見て。創底まで、一・五センチ近くあるわ」

都筑は、腕組みして「ほう」と興味深げに言った。

「っちゅうことは、創洞を横から見たら、三角形に見えるわけやな」

「ええ」

「……ってことは、それが刃物の形状を反映してる？」

伊月の問いに、ミチルは頷いた。

「ある程度はね」

伊月は探るように言ってみた。

「創角が片方が鈍、片方が鋭といったら、片刃だってことですよね」

「ええ。そして、ウサギの体と人間の手の位置関係からして、たぶん、凶器をほとんど真上から力任せに突き立てたんじゃないかしら。その創で、こんな創洞の深さの差を起こす刃物といったら……。しかも、峰幅が狭いってことは、相当薄いはず……」

全員が、うなり声と共に考え込む。何だろうと皆が悩んでいるとき、躊躇いがちに手を挙げたのは、陽一郎だった。

「あの。先生、はいッ！」

まるで小学生のように手を挙げて発言許可を求める陽一郎に、都筑は苦笑して言った。

「何や、森君。君かて解剖に参加してるねんから、好きに発言したらええがな」

陽一郎は、色白の肌を緊張でうっすら赤らめつつ、おもむろに引き出しを開けた。そして、何かを取り出し、自分の顔の前に差し上げてみせた。

「これ。これじゃないかなと思って」

それは、カッターナイフだった。しかも、普段使うものより一回り大型の、段ボールなど厚手の紙や、樹脂製ボードを切ったりするのに使う、刃が厚く、幅も広いものである。

「カッター!」

一同は、タイミングを計ったように同時に声を上げた。

「それ! それ貸して、陽ちゃん」

ミチルは陽一郎からひったくるようにカッターナイフを受け取ると、刺創に当ててみた。伊月は、切れ長の目を輝かせる。

「なるほど! 創の長さも峰幅もかなり一致しますよ! それに、カッターだったら、刃が斜めになってるから、創洞の深さに差が出るのも当たり前だし」

ミチルも納得顔で頷いた。

「確かに。刃のあるほうが尖っているから、創角が鋭なほうの創洞が深くなるのも頷けるわ。そっか、こんなに大きなカッター、滅多に使わないから思いつかなかった」

「なるほどなあ。森君、なかなかええセンスしとるやないか」

都筑に褒められ、陽一郎は恥ずかしそうに俯いた。

だが、凶器の見当がついて喜ぶ法医学教室の面々とは対照的に、中村と筧は、どこか浮かない面持ちである。

「どうしたんだよ、筧。凶器がカッターっぽいってわかって、嬉しくないのかよ」

伊月に問われ、筧はご主人様に叱られた犬のようにシュンとして答えた。

「いや、それは嬉しいねんけど……。カッターか……」

「カッターの何が不満なんだよ」

「不満やないねんけど……うう……」

「どこででも手に入りすぎる凶器なんで、手がかりっちゅうほどの手がかりにはならんのですわ、先生」

他の法医学教室の面々に遠慮して口を濁す筧に代わって、中村が情けなさそうな顔でそう答える。

「……あー……なるほど……」

「確かに。カッターなら、どこの文房具屋にも売ってるものね」

「ホームセンターにも売ってますよって」

ひゃひゃひゃひゃ、と清田が場違いな笑い声を上げる。一同は、いったん上がったテンションが急降下するのを感じつつ、それぞれやるせない溜め息をついたのだった……。

結局、それ以降は新たな発見はなく、前代未聞のウサギの検案は終了した。

「何もせんと返すんはアレやから、僕、傷口縫いましょか？」

習い性で清田はしきりにそう言ったが、さすがにウサギにそこまでのサービスを要求するのは気が引けたらしい。中村はそれを丁重に断り、バスタオルでウサギの死体をくるんで持って帰った。

中村と筧が去った後、解剖室の掃除をするという清田を残し、一同は重い足取りでセミナー室に引き上げた。

「お疲れさんやったな、三人とも。特に森君は、遅うまで引き留めてすまんかった」

都筑のねぎらいの言葉に、一同のマグカップにペットボトルのウーロン茶を注いでやりながら、陽一郎はにこっと笑った。

「いいですよ、たまのことですし。それに、今日はちょっとお役に立てたみたいで嬉しかったです」

「ホント、陽ちゃんのひらめきのおかげで助かったわ。あんな大きなサイズのカッターって使わないから、全然思いつかなかったもの」

ミチルは、私物のコカ・コーラ　ゼロのペットボトルを取り出し、炭酸飲料とは思えない勢いで半分ほど一気に飲んでからそう言った。

「僕や清田さんは、解剖室で使う小物を作るときとか、ちょっとした備品を修理するときとかに、よくカッター使いますからね」

「ああ、なるほど。それで納得いったわ」

「解剖室にも、色んな人間がいたほうがいいってことですかね。じゃ僕、お先に失礼します」

陽一郎は軽やかな足取りで教室を出て行った。三人になるなり、それまでにこやかだった都筑は打って変わって真顔になり、伊月の頭をげんこつでポカリと叩いた。

「いてッ！　な、何すんですかっ」

不意を衝かれて、伊月は両手で頭を押さえ、都筑のエラの張った顔を凝視する。都筑は、珍しく本気で軽く腹を立てているようで、小さい目をパチパチさせて伊月を睨んだ。

「昨夜、何もしてへんとしらばっくれたんは、誰やったかな」

「うっ……」

「しっかり筧君にくっついて、ウサギ小屋の検分に行っとるんやないか。どうせ君も、話聞いて知っとったんやろ、伏野君。伊月君が悪巧《わるだく》みするときは、たいがいつるんどるようやし」

「はあ？　何のことでしょう。そんな言いがかりは正直迷惑なんですけど。さ、私も帰るかなあ」

　都筑に怒りの矛先を向けられ、ミチルはわざとらしくさりげない口調でそう言うと、立ち上がった。マグカップを洗い、乾燥機に放り込むと、そのままロッカーの向こうへ逃げてしまう。

「えっと……まあその、たまたま居合わせたってことで！　全然アレですよ、やばいことはしてません！」

「せやかて君、そんな場所にたまたま居合わせるわけが……」

「偶然です！　さーて、俺も帰ろッ。もうすぐ九時だし、嫁入り前の女性をひとりで帰らせちゃアレですよね、ミチルさん、俺、駅まで送りますよ！」

「……えー。別にいらない……」

「いいから！　じゃ、失礼しますッ！　お疲れさまでした！」

　渋るミチルの背中を押すようにして、伊月はセミナー室から逃げ出した。

　それでもまだしばらく、バタンと閉まった扉を睨みつけていた都筑は、やがて「ふう」とやるせない溜め息をついた。

「筧、伏野、伊月……T署とうちの合同お騒がせトリオやな」

　陽一郎が入れていってくれたウーロン茶を音を立てて啜り、都筑はまた一つ嘆息して、椅子に深くもたれた。

そこへ戻ってきた清田が、ひとりで座っている都筑を見て、丸眼鏡の奥の小さな目を瞬《しばたた》いた。

「お疲れさんです。おや、皆さんもう帰られましたか」

「ああ、清田さん。お疲れさん。……若いもんは、いろいろ予定があるんでしょう。とっとと帰りましたわ」

「そうですか。若いっちゅうんはええですな。僕なんか、仕事終わったら、家帰って寝るだけの生活ですわ」

清田は奇妙な笑い声を上げつつ、自分も帰り支度を始める。都筑は、空になったマグカップをシンクに置き、立ち上がった。

「本人たちはええかもしれんけど、僕は伊月君が来てから、心配の種が倍増したわ。仲良きことは美しきかな……あるいは、三人寄れば文殊《もんじゅ》の知恵。そうであってほしいけど、たまにあいつらは、揃いも揃って暴走しよるからなあ」

「あいつらて？　伊月先生と伏野先生ですか？」

「プラス筧君や」

「ああ、なるほど。せやけど、アレですやん先生。昔から『益者三友《えきしゃさんゆう》』ていいますけど、あの三人はそのまんまの取り合わせですやんか」

清田の口にした四字熟語に、都筑は首を傾げた。

「それって何やったっけ。交際して有益な友達の性格には三種類あるとかいう奴やったかな」

「そうです。ええと、直、諒《りょう》、多聞《たもん》ですわ。直が正直、諒が誠実、多聞が博識っちゅう意味でしたでしょ、確か」

「なるほど、上手いこと言うなあ。さしずめ、直が伊月君、諒が筧君、多聞が伏野君っちゅうとこかいな」

「そうですな。ええ取り合わせやないですか。先生がそない心配しはるようなことはないんと違いますか」

「あるんですて、これが。……まあ、僕があんまりうるそう言うたらアカンと思て我慢しとるけど、ホンマは首根っこ摑んで、おとなしゅうしとれて叱りつけとうなりますわ」

「ははは。上司はつらいですなあ。うちの坊主《ぼうず》も、伊月先生の年頃には、無茶ばっかしやりよりました。ようわかります」

「子供もおらんのに、父親の気分を満喫さしてもろて、ありがたいこっちゃ」

そんな本音とも皮肉ともつかないコメントを口にして、都筑は大きな伸びをし、白い天井を仰いだ……。

その頃、清田曰くの「直」と「多聞」、すなわち伊月とミチルは、JRのT駅に向かっていた。

途中、ミチルがPC版のゲームソフトを買うというので、二人は家電量販店に立ち寄ってから、居酒屋とバーばかりが開いている通りを歩いていく。

「何？　伊月君、筧君ちに行くんじゃないの？」

いつまでもついてくる伊月に、ミチルは訝しげに言った。伊月は、両手を革ジャンのポケットに突っ込み、涼しい顔で頷く。

「行きますよ。でも、先にミチルさんを駅まで送ります。そう言ったでしょ、俺」

「あれは、教授から逃げ出す口実じゃなかったの？」

「たとえそうだとしても、男に二言はないっすよ。マジで年の瀬だから、やばい奴増えてますしね。いくらミチルさんでも、夜に女の一人歩きは危ないです」

「……でも、は余計よ。せっかくありがとうって言おうと思ったのに、やっぱやめた」

た。

ミチルは膨れっ面でそう言うと、周囲が明るすぎて星の見えない空を見上げ、呟いた。

「何だか、変に疲れたわね」

「ウサギのせいで？」

ミチルは頷き、伏し目がちに言った。

「この疲れって、赤ん坊や小さな子供の解剖の後の疲れに似てる。身体じゃなくて、心が疲れるのね」

「ああ……何となくわかります。そこに遺体があること自体がもう痛々しくて、それをさらにどうこうしようとする自分が、すげえ酷い奴みたいに思えてくるんですよね」

「うん。勿論それもあるんだけど、それだけじゃなくて……何ていうのかしら。赤ん坊とか小さな子供とかって、とにかく無条件に守られるべき存在でしょう？　自分で自分の身を守ることができないんだもの。そんな存在が、何故死ななきゃいけないのかしらって思ったときの理不尽感と、よく似てる」

「……そういえば、そうかも。飼われてる小動物も、本来は人間に守られて、愛されて生涯を終えるはずの存在だもんな」

「それがあんなふうに酷い殺され方をして、襤褸《ぼろ》切れみたいに死んでるのを見ると……悲しいし腹も立つし、それに怖いわね」

いつも強気なミチルの口から出た意外な言葉に、伊月は弓なりの眉を上げる。

「怖い？　ミチルさんらしくない台詞だな、それ。俺ならともかく、ミチルさんに怖いものなんかあるんですか」

「当たり前でしょ。こんな業界に身を置いてて怖がることを知らない奴は、よっぽどの豪傑か馬鹿よ」

苦い笑いを含んだ声で、ミチルはこう続けた。

「嫌な考えだけど、この連続動物殺害事件の犯人たちの心には、嫉妬があるのかもって思うの」

「嫉妬？」

「赤ん坊が生まれたとき、お兄さんお姉さんになった子供の心に生じる嫉妬に似たものって言えばわかる？　人間は誰でも、大きくなるに従って、守ってもらえなくなるでしょう。そんなとき、無条件に守られる小さくて弱い存在を見ると、自分がそうだったときのことを思い出して、妬ましく、疎ましく思うんじゃないかしら」

「そういえば、話しましたよね。前に、監察でそんな事件があったって。……赤ん坊の妹を絞め殺そうとした男の子の話。俺、一人っ子だからそのへんの感情はわかんないけど、人間にはやっぱり、そんな暗い思いがあるのかな」

「そんな気がする。それは、私の中にも似たような感情があるからかもだけどね」

冗談めかしたそんな言葉に、伊月はますます驚く。

「ミチルさんが？　誰に嫉妬してるんですか、いったい」

ミチルは唇を尖らせ、首の後ろで一つに結んだ伊月の髪を引っ張った。

「あんたによ」

「お、俺!?」

「新入りだから、みんなによってたかっていろんなこと教えてもらえて、まだ鑑定医じゃないから解剖も気楽で、無茶言ったりやったりしても、責任は上司にとってもらえて！　いいなあ、もう」

「う……そ、それは……全部ホントのことですけど……」

困惑しきりの伊月を見て、ミチルはクスクス笑った。

「嘘よ。ううん、羨ましいのはホントだけど、嫉妬まではしてないわ」

「な、何だ、ビビらせないでくださいよ。俺、そのうち解剖室の長靴に押しピン入ってんじゃないかと思ったですよ、マジで」

「誰がそんな古典的な虐めをするもんですか。……ああでも、私も新人時代に、もっと滅茶苦茶暴れとくんだったわ！」

都筑教授が聞いたら「やめてんか！」と頭を抱えそうな台詞を口にして、ミチルは固めた拳をシュッと真正面に突き出してみせた……。

その頃、「益者三友」の「諒」こと筧兼継は、刑事部屋で今日のウサギの検案についての書類を作成していた。

何となく刑事というと、現場に出てバリバリと身体を動かす仕事という印象があるが、実際は、意外なほどデスクワークも多い。どこかへ行こうとしても、何かをしようとしても、また何かをしたあとも、確実に書類作成が必要となるのである。

実は筧がパソコンを使い始めたのは、警察に就職してからである。だから、まだキーを打つのも文書を作るのも、お世辞にも速いとはいえない。それでこうして、夜勤でない日でも、夜になってからこつこつと溜まった書類を片づける羽目になってしまうのだった。

（はー、結局今日も、タカちゃんにししゃもの餌、頼んでしもたなあ……）

筧は、モニターを半ば上の空で見ながら、心の中で嘆いた。

ここのところ、ありえないほどの激務が続いており、筧はなかなか自宅でゆっくり過ごすことができずにいる。そのせいで、伊月はほぼ筧家に日参してしゃもの面倒を見、しかも頻繁に泊まっていってくれる。

いくらしじゃもを最初に見つけ、拾ったのが伊月だといっても、今は筧の飼い猫である。それを親友にほぼ任せっきりにしている現状は、生真面目な筧には良心の大いに咎める事態だった。

（アカンなあ……。もっと要領よう仕事ができるようにならんと、タカちゃんにもしもしゃもにも悪いな……）

そんなことを思いつつ、筧が目の前の書類と再び格闘を開始しようとしたとき、デスクの上の電話が鳴った。

夜勤の刑事たちが食事中なのを見て、筧は手を伸ばし、受話器を取る。

「はい、刑事一課」

『もしもし、あの、私、吉本《よしもと》と申しますが、中村さんはいらっしゃいますでしょうか』

受話器の向こうから聞こえてきたのは、比較的年配らしい女性の声だった。筧はどこかで聞き覚えのあるその名前に、首を傾げながら訊ねた。

「はあ、中村は今、署内の他の場所に行ってますが、そちらさんはどういう……」

『あのう、私、ヘルパーやってました。あの、火事で亡くなった竹光寅蔵さんのお世話を……』

「ああ！　気ぃつきませんで、すいませんでした。ヘルパーの吉本さんですね。先日は、お時間とってお話聞かせていただいて、ありがとうございました」

筧はようやく合点がいって、傍《かたわ》らのメモパッドを引き寄せた。

「ええと、どういうご用でしょうか。もしよろしかったら、僕がお聞きして中村に伝えさしてもらいますけど」

筧がそう言うと、数秒の沈黙の後、ためらいがちないらえがあった。

『あの、こないだ竹光さんのことお話ししたとき、刑事さんが言うてはったんです。後で何か思い出したことがあったら、何でも言うてください、それが竹光さんを殺した奴を見つける重要な手がかりになるかもしれへんて』

「ほな、何か思いだしはったんですか？」

筧は勢い込んで訊ねた。ヘルパーの吉本は、おずおずと言った。

『思い出したん違うて、聞いたんです。あのう、竹光さんのご近所に、私、もう一軒お世話に伺ってるお宅があるんです。そこは、おばあちゃんと息子さん夫婦がご一緒に暮らしてらっしゃるとこで』

「はあ」

『そこのお宅に今日、いつものようにお世話に行きましたら、ちょうどご主人がお仕事お休みの日で。それで、お茶を出していただいて、ご夫婦とおしゃべりしとったんですよ。そうしたら、ご主人のほうが、あの火事の夜、竹光さんを見たて』

「ええっ？　ホンマですか？　それ、是非詳しく聞かしてください」

筧のペンを持つ手に力がこもる。

『それがね。前にお話ししたときも言いましたでしょ。竹光さん、時々認知症のせいで、ふらーっと散歩に出てしまいはるんですわ。それでね、あの夜、忘年会で遅うなったそこの家のご主人が、帰り道に竹光さんを見たっていうんですよ』

「そ、それは、どこで、何時頃ですか？」

『真夜中頃ですって。ようそうやってフラフラ歩いてるから、近所の人も慣れっこでしてね。W小学校の近くで見かけて、竹光のおじいちゃん、夜は冷えるから、はよう帰りや、て声かけたんですって』

「そ、それは確かですか！　真夜中言うたら、午前零時頃っちゅう意味ですよね？　W小学校近くいうたら、竹光さんのご自宅からは……」

『そうやねえ。普通に歩いたら十分ほどやけど、おじいちゃんのんびり歩きはるから、三十分くらいかかるかもしれへんねえ』

「ということは、行き帰りで一時間ってことですか」

『まあ、どこまで行きはったかにもよりますけど、寒い夜ですし、二時間も三時間も出歩かはらへんでしょ。見かけたご主人も、ほろ酔いでいい心持ちやったから、おじいちゃんに声かけただけで、そのままおうちに帰ってしもたんですて。けど、おじいちゃんとすれ違ってすぐに、紺色のワゴン車が通りかかって、それがえらいゆっくりしたスピードやったらしいんです』

「紺色のワゴン車!?　その話、確かですか？　色とか」

『ええ。そのときは、自分がよっぽど酔っぱらいに見えて、注意して通ってくれてはるんやろて思ってたらしいんですけど、あとでニュース見たら、容疑者の乗ってたいう車に、どうもよう似てるて』

「それは……」

『ご主人も、この年の瀬に面倒ごとは御免やし、お酒も入っとったし、知らん顔してようと一度は思いはったんですって。でもおじいちゃんも気の毒やし、警察に言うたもんかどうか……て迷うてはって。で、私がまずお話ししてみましょかて言うたんです。お節介ですけど』

筧は、ドキドキと躍り出しそうになる心臓と跳ね上がりそうになる声を必死で抑え、落ちついたふりでこう言った。

「なるほど。教えてくださって助かりました。……それ、ちょっと裏を取りたいんで、そこのお宅のお名前と連絡先、教えてもろてええですか。……はい、……はい、わかりました。必ず中村に伝えます。……どうも、貴重な情報、ありがとうございました！」

受話器を置いた筧は、作りかけの書類のことなどすっかり忘れ、走り書きしたメモ用紙を見下ろして呟いた。

「竹光さんは、火事の二時間前に、外を徘徊してたんや……。そこに、容疑者のものとよく似た車が通りかかった。ちゅうことは、もしかしたら、そこで加害者と出会うて、何かが起こった……？」

筧が新たな証言に胸躍らせているそのとき、ミチルと伊月は、まだ駅にたどり着いていなかった。

「あ、ここのソフトクリーム美味しいの知ってます？」

そんな伊月の一言で、二人は駅にほど近いコンビニエンスストア、ミニストップに立ち寄っていたのである。

「あら、ホントに美味しい」

店の隅にしつらえたテーブルで、ミチルは予想外に大きなバニラソフトクリームを舐め、大きな目を見開いた。

伊月は得意げに、チョコレートのソフトクリームを舐めながら言った。

「コンビニとは思えないくらいいけるでしょ。俺、時々帰りに寄って食うんすよ。冬のソフトクリームってのも、なかなかおつなもんだし」

「へえ。伊月君、そんなことするんだ」

「しますよ。男だって、今じゃ平気でソフトクリームくらい食いますよ。……と、またビクトリー塾のガキどもか」

コンビニに入り込んできた子供たちの一群に、伊月はやや鬱陶しそうに言った。ミチルは首を傾げた。

「ビクトリー塾？」

「ほら、例の竹光寅蔵殺しの容疑者が副塾長をやってた……あそこの生徒っすよ」

小声で囁いた伊月に、ミチルは納得したように頷いた。

「ああ、なるほど。でも、どうしてわかったの？」

「ほら、あの揃いのカバン。あれ、塾のオリジナルらしいっす」

「へえ。中学受験の塾だっけ。今が追い込みってわけね。九時過ぎまで勉強か。私が小学六年生の頃も、そうだったわ。毎日放課後は塾に通い詰めで、つらかった記憶があるもの」

「俺もそうだったのかな。もう忘れちまったけど」

今やすっかり大人になった二人が呑気にソフトクリームを舐めている脇を、子供たちが手に手に菓子を持って行き過ぎる。その中に、伊月は知った顔を見て声を上げた。

「あ、お前。あんときのガキじゃん」

「え？　わッ」

レジへ向かおうとして足を止めた子供の一人は、伊月の顔を見てギョッとした様子だった。伊月は苦笑いで片手を上げる。

「そのツラはねえだろ。お世話になりましたくらい、言いやがれ」

「う……あ、あんときのお兄ちゃん……やんな？」

「おう、そうだぜ」

オドオドする小柄な少年と伊月を見比べ、ミチルは不思議そうに伊月に訊ねた。

「何？　この子、伊月君の知り合い？」

「知り合いってほどじゃないっすけどね。こないだ、筧んちの近くの夜道で、コンタクトレンズ落としてるとこに通りかかって、探してやったんですよ。な？」

今日は他の子供がたくさんいる明るいコンビニの中だからか、あるいはミチルと一緒だからか、少年はまだ少し警戒の色を目の奥に残しつつも、ぺこりと伊月に頭を下げた。

「あんときは、ありがとう」

伊月もニッと笑って「どういたしまして」と言ったあと、ふと気づいたように少年に訊ねた。

「あれ？　そういやお前、小五って言ってなかったけか？」

少年は頷く。

「そうやで」

「五年生から、マジでこんな遅くまで勉強してんだな。俺、てっきり、今入ってきた奴ら、みんな六年生だと思ってた」

伊月のそんな言葉に、少年は妙に大人びた表情と生意気な口ぶりでこう言い返す。

「六年もおるけど、五年もおるで。親が迎えにくるまで、コンビニでおやつ買って暇潰したりすんねん」

「はあ……。大変だな。五年から、そんなにバリバリやんなきゃいけないもんなのかよ」

「そんなん、六年生一年だけ一生懸命勉強しても、ええ中学には行かれへんもん。五年から、必死でやらんと」

ミチルは、ヒュウッと短い口笛を吹いた。

「そりゃ大変。私たちのときより、確実に大変になってるわ」

「僕らはこれで帰れるけど、六年生は、まだ残って自習する人もいてるねんで！　小学生も大変やねん」

「へー。今時の子供も、楽じゃねえなあ」

「全然、楽と違うよ」

少年は偉そうに胸を張る。伊月は綺麗な顔を惜しげもなく歪め、「可愛くねえガキ」と口の中で呟くと、レジに並ぶ他の少年たちに目をやった。

大人から見れば、厳しい受験戦争に勝利すべく過酷な生活をしているように見えても、当の子供たちにとっては、ごく当たり前の生活なのかもしれない。仲間とふざけあう姿には悲壮感はなく、どこか楽しげでもある。

「塾通いが、部活動みたいな感じなのかしらね」

同じ印象を持ったのか、伊月の隣で、ミチルがそう言った。同意しようとして、伊月はふと、少年たちが肩から掛けている、例の塾オリジナルのバッグに目をとめた。

コンビニのやや明るすぎる照明を受けて、子供たちのひとりのバッグに、きらりと光る物がついていたのだ。

目を細め、その光の正体を見極めようとした伊月は、はっと息を呑んだ。

「伊月君？　どうしたの、ソフトクリーム溶けてるわよ」

ミチルの言葉も耳に入らず、溶けたソフトクリームがコーンを伝い、手を汚すのにも気づかない様子で、伊月は自分の目の前から去ろうとしたくだんのコンタクトレンズ少年を呼び止めた。

「おい、あれ！　あれ何だッ」

「え？」

話を切り上げ、レジに並ぼうとしていた少年は、ギョッとした顔つきで伊月の指さすほうを見た。しかしすぐ小馬鹿にしたような顔つきになり、こう答えた。

「何ってカバンやん。それも知らんの？」

「んなことはわかってるってんだ！　そうじゃなくて、あれにくっついてる金ぴかの奴だよ。バッジ！　あれ何だって訊いてんだよ！」

「伊月君、いったいどうし……バッジ……？」

血相を変えている伊月の視線の先を見たミチルも、驚きに口を半開きにしたまま硬直する。

レジに並ぶ子供のひとりがバッグにつけているバッジ……それは、ミチルと、特に伊月には、深く記憶に刻みつけられた代物だった。そう、金地に赤で「P．C．」と書かれた例のピンバッジ……竹光寅蔵の遺体の後頭部に刺さっていたもの、それにウサギ小屋に落ちていたものと同じバッジだ。

「嘘！　あれ、あのバッジじゃない！」

「そうっすよ！　な、あれ何なんだ!?」

伊月は、少年の肩を摑み、重ねて訊ねる。

少年は、何故伊月とミチルがそんなふうに興奮しているのかさっぱりわからず、薄気味悪そうに二人の顔を見くらべた。

「え……あ、あれは……六年の、特別クラスの印やん」

「特別クラス？」

「うん。六年の中で、特に賢い奴ばっかり集めて作るクラス。多くても十人しかそのクラスには入られへんねん。めっちゃ凄いねんで！」

「はーん、特別クラスの生徒だけ、あの金ぴかバッジがもらえるわけか。お前も、そこ目指してんの？」

少年は、ちょっと悔しげにかぶりを振った。

「ママは、目指せて言うけど、絶対無理やわ。僕、そこまで賢うないし」

「何だよ、小五で、自分の可能性を見切るなよ、寂しい奴だな……いてッ」

余計なことを言うなといわんばかりに伊月の頭を小突き、ミチルは少年に訊ねた。

「『P．C．』っていうのは何なの？」

「えっと……クラスの名前。英語やねん。ええと……あ、そうや。『プログレッシブ・クラス』！」

伊月は、少年の口から出た横文字に、いかにも嫌そうに顔を顰めた。

「へえ？　そんで、そのプロ何とかクラスは、他とどう違うんだ？」

「そら、みんな、志望校が難しいとこやん。賢い子ばっかり集めるねんもん。せやし、授業のあとも、居残りして勉強せなあかんねん。土日も特別授業があるねんて」

「げっ。そこまですんのかよ。すげえな。……でも、あいつ、その特別クラスの奴なのに、もう帰るんだろ？　今日は居残り勉強ないのか？」

　少年は、困った顔で伊月を見た。

「今日は先生いてへんからアカンねんて。……先生、タイホされてしもたから」

　伊月とミチルは、ギョッとして顔を見合わせた。ミチルは、軽く身を屈め、少年に問いかける。

「もしかして、その『プログレッシブ・クラス』の担任の先生は、副塾長先生なの？」

「うん。明日からは、塾長先生が見るねんて。せやし、僕らのクラス、塾長先生の授業しばらくなくなるねん。他の先生に交代……あ、ママ来た！」

　少年は、伊月の手を振り払い、お菓子を棚に戻すと、そのまま店の外に走り出ていった。表通りに、母親とおぼしき人物がおり、少年は店内の伊月のほうを指さして何かを言っている。母親の胡散臭そうな視線をガラス越しに浴びて、伊月は慌てて彼らに背を向けた。

　ミチルは、ソフトクリームのコーンをぼりぼりと齧《かじ》りながら、傍らを通り過ぎ、店を出て行く少年のバッグにつけた金色に輝くピンバッジをじっと見た。

「間違いない。あのバッジだわ。『プログレッシブ・クラス』。なるほど、

『Progressive class』で、『P．C．』かあ」

伊月は、口の中で「プログレッシブ……」と何度か呟いてから、ミチルに訊ねた。

「どういう意味でしたっけ、『プログレッシブ』って」

「そのくらい、一般常識として知っておいてよ。『進歩的な』って言えばいいのかしら。つまり、特進クラスってニュアンスじゃない？」

「なるほど。もとから賢い奴を選んで生徒にしておいて、その中でいちばん賢い奴らをさらに選抜して、エリートクラスを作るわけか」

「塾の翌年の経営状態を左右する、希望の星たちってわけね。先生も生徒も大変そう」

「ホントですよね。っていうか、ミチルさん！　これでバッジと竹光さん殺しに繋がりが！」

勢い込む伊月に、ミチルも考え深そうな顔で頷く。

「ちょっと面白い話よね。『P．C．』は選ばれた優秀な生徒が集められた『プログレッシブ・クラス』。そしてその担任は、竹光寅蔵さん殺害容疑がかけられている、ビクトリー塾の副塾長……」

「でもって、そのクラスのピンバッジが、竹光寅蔵さんの後頭部と、ウサギ小屋から発見された。これってどういうことなんだろ」

ミチルは短くなったコーンを口に放り込み、ハンカチで口を拭《ぬぐ》ってから言った。

「『プログレッシブ・クラス』の担任なんだから、容疑者の副塾長がピンバッジを持ってた可能性は大よね。服につけるとかして。そして、それを竹光さん殺害のときに、もみ合いでもしてうっかり落としてしまった……そんな状況も考えられる……」

「ですよね！」

「……でも、あくまでも可能性の話よ。ピンバッジなんて、ちょっとしたことで落とすし、それを誰かが何気なく拾うかもしれないもの」

すぐに勇み足を踏む伊月の性格を知っているミチルは、わざと素っ気なくそう言った。だが伊月は、やはり熱を帯びた声でそれに言い返す。

「でも！　可能性はあるんだから、筧や中村さんにこのこと教えてあげる価値はありますよね」

「……それは、そうね」

ミチルは頷く。伊月は満足げに頷き返し、しかしすぐに首を捻った。

「でも、ウサギ小屋に落ちてたピンバッジのほうは、どう考えればいいんだろう。ピンバッジなんてきっとたくさん作ってるから、落としてもまた新しいのつけりゃいいだろうけど……」

「待ってよ。ウサギ殺しのほうは、副塾長が警察にしょっ引かれたあとの事件だから、彼は関係ないわ」

「あ、そっか……」

「同じピンバッジが現場にあったたってだけで二つの事件を結びつけようってのは、ちょっと無謀過ぎるんじゃない？」

「それは、俺もわかってますよ。でも……」

「たとえば、小さな子供はああいう小さなアクセサリーのたぐいが大好きでしょう？　お兄ちゃんが持ってたピンバッジをこっそり拝借して、幼稚園につけていって、落としてしまった……なんてシチュエーションも、簡単に考えられちゃうわけ」

伊月はそんなミチルの牽制に、子供のように口を尖らせる。

「ちぇっ。すぐそうやって水を差すんだから」

「あんまり希望的観測だけで動かないほうがいいと思うからよ。しつこいようだけど、捜査は私たちの仕事じゃないんだから」

「わかってますよ、そんなこと」

「どうだか」

「ちぇ。何か今日は、都筑先生が乗り移ったみたいなこと言うなあ、ミチルさん」

不満げな伊月に、ミチルは例のチェシャ猫笑いをして言った。

「一応、あんたの指導係だもの。いつもいつも一緒に暴走してると思われたら、たまったもんじゃないわ。伊月君は学生だからよくても、私と筧君は、お給料を貰ってる以上、下手なことをすると首が飛ぶの。その違いは、ちゃんとわかっておいてちょうだいね」

「……そ……それは……そうですけど」

そこまで説教口調で言っておいて、ミチルは途方に暮れた顔つきをしている伊月の高い鼻を、指先でちょんと突いて笑った。

「とは言うものの、捜査に協力するのは、市民の義務って奴よね。少しでも役に立ちそうな情報なら、教えておいても無駄じゃないかも」

「ってことは！」

「だからといって、二人で同じことを喋りに行く必要はないでしょ。情報提供は、あんたに任せるわ。寝不足はお肌の大敵だから、私は帰る。送ってくれてありがと」

ミチルは、大きなバッグを肩にかけ直す。伊月は、あからさまにつまらなそうな顔で、それでも渋々頷いた。

「わかりましたよ。俺ひとりで、これからT署まで行ってきます。じゃ、お疲れっす」

「お疲れさま。また明日」

ミチルの姿は、そのまま自動ドアの向こうに消えた。伊月は、右手に持ったまま、いつの間にか無惨に溶けたソフトクリームをしばらく見つめたあと、無造作にゴミ箱に放り込んだ。そして、トイレの洗面所で手を洗い、大股に店から出て行った……。

間奏　飯食う人々　その四

にゃーん！

揃って家に戻った筧と伊月を迎えたのは、玄関にちょこんと座ったししゃもの声だった。

「おう、ししゃも。遅うなってごめんな」

「コンビニで、贅沢猫缶買ってきてやったぞ」

伊月は勝手知ったる人の家といわんばかりにすたすたと台所へ行き、ししゃもの餌入れを水で洗い始める。

そんな伊月の姿を見ながら、筧は手に提げた弁当の袋を炬燵の上に置き、和室と台所のストーブに火を入れた。まだ家の中は寒いので、ダッフルコートを着たまま、いつもよりちょっと高い猫缶をがっつくししゃもと、その脇《わき》にしゃがみ込んであれこれと猫に話しかけている伊月を見下ろす。

やがて筧の視線に気づいた伊月は、立ち上がって言った。

「何突っ立ってんだよ。とりあえず、俺たちも飯食おうぜ。俺、中途半端にソフトクリームなんか食っちまったから、やけに腹減ってんだよ」

「あ……うん。ほな、飲みもん出すわ」

筧はハッとしたように笑みを見せ、冷蔵庫のほうへ向かったのだった。


炬燵に入り、差し向かいで出来合いの弁当とインスタント味噌汁の夕飯を食べながら、伊月は躊躇いがちに口を開いた。

「……なあ」

「うん？」

やや味の濃すぎる味噌汁にポットから湯を足しつつ、筧は返事を返した。どうにも冴《さ》えない筧の表情を気にしながら、伊月は探るように問いかけた。

「あのさ。俺、やっぱ迷惑だったか？　署まで押しかけたりして」

筧はそれを聞いて、少し驚いたように太い眉《まゆ》を上げた。

「え？　何で？」

「何でって、そこまでするようなことじゃねえのに、上司もいるとこに俺がのこのこ行ったりして、お前に迷惑かけたんじゃないか、とか……」

「何言うてんねんな、タカちゃん」

筧は困ったように笑って、伊月の不安を即座に打ち消した。

「係長、助かりました言うてたやん。どんな情報でも、もらえるんは助かるんやで。特に、放火みたいに物証が出にくい事件のときは」

「でも、お前らやけに深刻そうに話し込んでたじゃん、俺が刑事部屋に入ってったとき。何か、つまんないことで大事な話の腰折ったんじゃねえかと思ってさ」

筧は、伊月の好物である海老フライを伊月のご飯の上に載せてやりながらかぶりを振った。

「そんなことあれへんよ」

「だって、中村さんもお前も、俺がピンバッジの話したってリアクション激薄だったし、帰り道も、お前、ろくすっぽ口きかねえし。俺、すげえ気になって」

「ははは、タカちゃん、昔と全然変わらへんなあ。思ったように行動するくせして、変なとこで気ィ遣うねんから」

筧はようやく屈託ない笑みを面長の顔に浮かべ、つけっぱなしだったテレビのボリュームを少し落とした。

伊月は不満げな膨れっ面をしながらも、筧が寄越した海老フライを頬張る。

「T署に行く前に、ミチルさんに釘刺されたんだよ。俺はチャラチャラ気楽な学生だけど、ミチルさんやお前は給料貰って働く身なんだから、俺の無茶で迷惑かけんなって。だから……」

「あんな、タカちゃん。確かに、こないだみたいに現場について来てまうんはちょっと無茶やけど、今日のは違うで」

「ホントか？」

それでもまだ疑わしそうにしている伊月に、筧は噛んで含めるように言った。

「実はな、タカちゃんが来る少し前に、竹光さんのヘルパーやってた人から、電話があってん。火事の二時間前に、竹光さんがW小学校の近くをフラフラ歩いてるんを見かけたて」

思いがけない話に、伊月は温かいだけが取り柄の、あまり美味しくない飯を大慌てで飲み下した。

「ああ、そっか。軽い認知症で徘徊癖があるって言ってたっけ。寒いのに、夜中の散歩に出ちまったんだな。……ええと、火事の二時間くらい前っつーと……」

「午前零時頃やと思うて。しかもな、その後ろから、紺色のワゴン車が、変にゆっくり走っていったて言うねん」

「紺色のワゴン車？　そ、それってもしかして、竹光さんのアパートの前に停まってた不審車輛と同じ？　ってことは、容疑者の副塾長の車？」

「かもしれん。目撃者が酔うてはったから、ナンバー覚えるとかそんなことはしてはらへんし、自信ないて言うてはるねんけど……」

「でも、そうかもしれないんだよな？」

筧は、少し嬉しそうに頷いた。

「うん。ほら、火災の現場って、ホンマに物証が出にくいねん。で、今な、重要参考人で引っ張ってあっさり自白されて容疑者にしたものの、そこからだんまり決め込まれて、取り調べが全然進まんで困ってたとこやってん」

「……ああ、ネタがないと突っ込みようがねえって奴？」

「うん。たまたま係長が席外しとって、僕がその電話受けたもんやから、タカちゃん来たとき、ちょうど戻ってきた係長にその話をしとってん。でな……」

伊月は、ようやく納得した様子で、冷えすぎて味がよくわからないチューハイを啜った。

「そりゃ、ピンバッジなんてちっこい話よか、そっちの目撃談のほうがインパクトでかいよな。あー、やっとわかった。お前らの反応の鈍さの理由が。何だよ、俺、すげえ間の悪いとこに入ってってたか、それか全然的はずれのつまんねえ情報持ってっちまったかって、密かにすげえ凹んでたのに」

筧は笑いながら謝った。

「堪忍や。けど、係長も言うてたやろ。どっちのことも、明日の取り調べでみっちり訊くて。揺さぶりかけるネタが増えれば増えるほど嬉しいんはホンマやで」

伊月はようやく安心した様子で、食後の毛繕いを終えてやってきたしゃもを膝に抱いた。

「そっか。それ聞いて、ホッとした。……じゃあ、帰り道、何でお前あんな無口だったんだよ。何か俺、他に悪いこと言ったりしたりしたか？」

それを聞いて、今度は筧が心配そうな顔になる番だった。

「それやけどな、タカちゃん」

箸を置いた筧は、伊月の顔色を窺うようにした。

「叔父さんと、何かあったんか？」

「……は？」

意外な質問に、伊月は目をパチクリさせた。だが筧は、真面目《まじめ》くさった顔つきで訊ねてくる。

「せやかて、僕が帰れるから大丈夫やって言うたのに、それでも僕んち来る言うし。何や帰りたなさそうやし、こないだ家に帰ったとき、何ぞあったん違うやろかってずっと帰り道考えとったんや」

「……あー……そりゃ悪かったな」

伊月は急に決まり悪そうな顔つきになった。そして、ししゃもを床に下ろし、もぞもぞと正座に座り直した。筧は、そんな伊月の様子に首を傾げる。

「タカちゃん？　やっぱり怒られたんか、叔父さんに。僕んとこばっかり入り浸ってるから？」

「あー違う違う。そういうんじゃねえ。何かあったっていうか、こないだ帰って、ちゃんと話したんだ、叔父貴と。面倒みてくれてありがたいと思ってるけど、やっぱ俺、他人と暮らすのが物凄く気詰まりなんだって」

「……叔父さん、何て？」

「俺に悪意がないことはわかってくれたよ。小さい頃から鍵っ子だったから、誰かと一緒に過ごすのが苦手でも無理ないって。それに、仕事が不規則だから、職場の近くに住みたい気持ちもわかるって」

「ほな、叔父さんの家、出るんや」

伊月は神妙な顔で頷いた。

「ああ。……そんで……それでな、筧」

「うん？」

軽やかな足取りで移動してきたししゃもを抱き上げ、筧は伊月の言葉を待つ。

「その……さ」

「うん」

「色々考えたんだけどな……」

「うん」

「……うー……」

伊月はもじもじと言いよどむ。それを見て、ししゃもは筧を見上げ、一声鳴いた。

あーん？

筧はししゃもに笑いかけると、その笑顔のままで伊月にさりげなく言った。

「ししゃもが、いつ越してくるんやって訊いてるで？」

「あ、うん、できるだけ早く……って、えッ⁉」

ギョッとする伊月に、筧はニコニコ顔で言った。

「ええやん。いつか大金持ちになったら立派なマンションでも買うたらええけど、今、タカちゃん学生なんやし。うちに住むんがいちばん財布に楽やろ？」

実は、そうさせてくれと頼み込もうと思っていた伊月なのだが、筧のほうからあっさりとそう言われては、思わず拍子抜けして、食い下がってみたくなる。

「や、そりゃそうなんだけど……。でも、いいのかよ。あ、勿論家賃は半分出すぜ、だけど」

「ええよ、そんなん」

筧は開けっぴろげな笑顔で、屈託なく言った。

「払ってくれても、アレやったら出世払いでも。今は僕が給料もろてるから払えばええし。そんでいつか僕が何かやらかしてクビになったら、そんときはタカちゃんが払ってくれたらええやん」

「相変わらずザッパーだなあ、お前は」

「そら、誰でもええっちゅうわけにはいけへんけど、タカちゃんやったらええよ。間《あいだ》はだいぶ抜けてても、長いつきあいやし。そうでなくても、ししゃもの面倒見に来てもらって、悪いと思うててん。タカちゃんもここに住むんやったら、僕もちょっと気い楽や」

「そ……そうかよ」

「うん。ししゃもも、タカちゃんおってくれたほうが、寂しゅうないやろ。な？」

あん！

まだ戸惑いの残る伊月の顔を見て、ししゃもはひときわ高い声で鳴いた。ふさふさのはたきのような尻尾が、パタパタと激しく左右に揺れる。

「んじゃ……お前が嫌になるまで、世話になる。次の休みに、荷物運ぶよ」

「うん。よろしゅうな、タカちゃん」

筧はのっそりと正座に座り直し、大きな背中を折り曲げて頭を下げる。

「ば、馬鹿、それ俺の台詞だっての！　その、何とかして、よっぽどのことがない限り家賃半分払うから！　よろしく頼むな、筧。ししゃもも」

伊月は焦って自分も深々と頭を下げる。

そんな二人の間で、行儀悪く炬燵の天板に飛び乗ったししゃもが、面白そうに二人のつむじを見くらべ、大きな欠伸をした……。

五章　希望の影を踏み

「えー、何？　そんじゃ、とうとう筧君ちに本格的に居座《いすわ》るんだ？」

それが、翌朝、実験室で伊月から引っ越し予定を告げられたミチルの反応だった。

白衣を羽織り、冷凍庫からサンプルの入った小さな紙箱を取り出しながら、伊月はちょっとムッとした顔で言った。

「居座るんじゃなくて、合意のうえの同居っす。家賃だって折半にしてもらいますから」

「ししゃもっていう愛娘もいるしね」

ミチルは、ずらりと並べた小さなエッペンドルフチューブの内壁に、希釈した酵素をくっつけるように分注し終えてから、首を巡らせて伊月を見た。

「真面目な話、筧君もホッとしたんじゃない？　これで、いちいち連絡取り合わなくても、伊月君がししゃもの面倒見てくれるわけだし」

「ですね。筧と違って、俺たち、帰れなくなるほどの目に遭うことは滅多にないですから」

ミチルはちょっと考えてから、こう言った。

「いいわ、都筑先生に、伊月君にも検診のバイトを回していいですかって私から訊いとく。あれは季節ものだから、そういつもあるわけじゃないけど……まあ、全然ないよりはマシでしょ。下宿するなら、色々と物いりだものね」

ラテックスの手袋をはめ、サンプルをスタンドに立てかけていた伊月は、丸椅子をクルリと回して体ごとミチルのほうを向いた。

「マジっすか！」

ミチルは笑って頷く。

「だって、それ以外にまともな収入源なんて見込めないでしょ？　伊月君もここにきて半年以上経ったし、いい頃合いだわ」

「やった！　これでとりあえず、居候にならなくて済む！　ありがとうございます、ミチルさん！」

「お礼は、教授殿のオッケーが出てからにして。っていうか、却下されないように、一生懸命仕事なさいな」

「う、はいっ」

伊月は慌ててクルリと机のほうに向き直った。最近、彼は様々な陳旧《ちんきゅう》試料からのDNA抽出の練習をしている。新鮮な血液から抽出したDNAと違い、古い試料から抽出したDNAは、量が少なく、質も悪い。簡単に言えば、本来ならばしっかりした長い鎖が、錆《さ》びて短くちぎれた鎖に変わってしまうようなものである。

その劣化したDNAをできるだけ多く、不純物を交えずに取り出すには、適正なキットを用いるだけでなく、微妙なテクニックも必要となる。実験機器のメーカーや個体差、それに実験器具の形状の違いなど、ほんの些細なことが実験結果に影響してくる。マニュアルのとおりにやれば、常にベストの結果が出るとは限らないのだ。

「私は大雑把だから、ホントはこの手の作業、向いてないのよ。伊月君のほうが、几帳面だからきっと上手になるわ」

そう言って、ミチルは伊月にまずは髪の毛、それから爪や歯牙といった古い生体試料からのDNA抽出法を教えた。

何度も手技の試行錯誤や条件検討を繰り返し、伊月は最近、ようやくどうにか満足いく結果を出せるようになってきたところだった。

「あ、ところでミチルさん。昨夜、筧から聞いたんですけど……。あの例の殺人後放火事件のこと。火事の二時間ほど前、竹光さんが徘徊してるのと、そこを容疑者の車とよく似た車がゆっくり走ってるのを見た人がいるらしいんですよ」

伊月は、カッターナイフで一ミリ角に刻んだ試料の爪をエッペンドルフチューブに放り込んでから、ミチルに昨夜仕入れた情報を教えた。

「へえ。そんな情報があったなんて、中村さん、今日はほくほくで取り調べ中ね、きっと」

「でしょうね。容疑者にだんまり通されて、さすがの中村さんもけっこう苦戦中だったって言ってたから」

「ふうん。伊月君のもたらした情報のほうは？　例のピンバッジの」

「目撃証言に比べりゃ、大阪風の言い方をすると、屁みたいなもんですよ。ま、一応ありがとうとは言ってくれましたけど」

「インパクトが薄いか。まあ、そうでしょうね。いいんじゃない、言うだけ言っとけば、伊月君も気が済んだでしょ」

「……まあ、それなりに」

「筧君のほうも、スッキリ事件を解決して、初手柄を挙げられるといいのにね。……それにしたって、この寒いのに、フラフラ徘徊するなんて、元気なお年寄りだったのね、竹光さん」

「ホントっすよね」

「確かに、徘徊するお年寄りって、時々ビックリするくらい遠くまで行ってるときがあるって、前に公衆衛生のドクターに聞いたことがあるわ。竹光さんも、遠くまで行ってたの？」

伊月はちょっと考えてから答える。

「ええと、どこって言ってたかな。そう遠くなかったはずですよ。……あ、そうだ。確か、W小学校の近くって言ってたはずだ。俺たちなら、歩いて十分くらいのとこですって」

「でも、お年寄りなら、特に徘徊時なら、もっと時間がかかったかもね……。って、ちょっと待って」

「え？」

ミチルはチップをつけていないピペットマンを手に持ち、カチカチと動かしながら、視線を泳がせた。

「W小学校……って何かどっかで聞いたような気がするんだけど」

「そりゃ、T市内ですからね。聞いたことくらいはあるでしょう」

「そうじゃないわよ。つい最近聞いたように思うんだけど……。ま、いいわ。気のせいかも。ＰＣＲかけて、図書館行ってくる」

「行ってらっしゃい。あ、昼飯どうします？」

「昼までに戻るわ。今日、何も買ってきてないから、コンビニにでも買いに行こ」

「了解。じゃ、俺は昼まで、爪や毛髪と戯れますよ」

ミチルはヒラヒラと後ろ手を振り、ＰＣＲルームへと去っていった。伊月は、ピペットマンに黄色いチップをつけ、キットからバッファーを取り出して分注し始めた。

（今日くらいは、このまま解剖が入らないといいな……）

先週の轍《てつ》を踏まないように、心の中でそう願いながら、伊月は注意深く、プラボトルからバッファーを吸い上げた……。


ミチルが戻ってきたのは、予定より早い十一時半だった。

「もう、お弁当入荷してるわよね。早めにお昼にしちゃわない？」

論文のコピーを分厚い束にして抱えたミチルは、実験室の扉を開け、顔を突き出してそう言った。どうやら、午後は選りすぐってきた論文で、勉強三昧のつもりらしい。

「いいっすよ。俺もちょうど酵素足したとこですから。もう一時間くらい、恒温槽《こうおんそう》で温めときます」

ミチルはそれを聞いて、紙束を抱えたまま実験室に入ってきた。恒温槽に浮かべてあるエッペンドルフチューブの一つをひょいと摘み上げ、中身を軽く振ってみた。

「これだけ細かくしても、やっぱり爪は手強いわね」

「まあ、硬いですからね。爪の厚さによっても溶解時間を調節したほうがよさそうなんで、今度、年齢別に検討してみようかと思ってるところですよ」

「なるほど。そうね、加齢によって爪は厚く硬くなりがちだし、だからといって長く恒温槽に置けばいいってもんでもないしね」

「そうそう。さて、じゃあ行きますか」

伊月は手袋を外し、白衣を脱いだ。ついでに、緩く結んであった髪も解く。二人はそれぞれジャケットを羽織り、教室を出た。

紫色の体にぴったりしたタートルネックセーターにブラックのスリムジーンズの上から黒の革ジャンを着込んだ伊月と、ストレートジーンズとコットンパーカ、それにネパールの民族衣装らしい綿入れのジャケットを着たミチルの組み合わせは、恐ろしく珍妙《ちんみょう》である。

やたら道行く人々の注目を浴びつつも、本人たちはまったくそれに気づかずにコンビニに入った。

同じことを考える人間は多いらしく、昼前だというのに、コンビニはけっこう混《こ》み合《あ》っていた。おそらく客の大半は、O医大の学生である。

「ったく、講義サボってんじゃねえよ」

口の中でブツブツ悪態を垂れつつ、伊月は弁当片手に列に並んだ。すぐ後ろに並ぶミチルがクスリと笑う。

「自分の過去を振り返ると、その台詞は言えないなあ、私。大学が嫌いだったから、できる限り行かないようにしてたし」

伊月はちょっと意外そうに「へえ」と言った。

「ミチルさん、勉強は真面目にやったんだろうと思ってたんだけどな」

「自力でね。やる気のない奴や、自分の趣味の領域しか語らない奴の講義聞くよか、自宅で問題集やってるほうが効率がよかったんだもん」

「うわ。それ、すげえ自爆発言っすよ。同じこと、うちの学生に言われてるかも」

「失礼ねー。私は一応、バランスよく講義するようにしてるわよ！　……もっとも、時々喋《しゃべ》ってるこっちが眠くなるけどね」

「うあー、駄目だ」

笑いながら、伊月はチラと壁に掛けられた時計を見上げた。

「もう、十一時半過ぎてんのか……。中村さんと筧、今頃副塾長の取り調べ中かな」

「ピンバッジのこと、気になってる？」

「そうっすね」

伊月はさりげなく答えて話を逸らそうとしたが、ミチルはからかいを含んだ口調で、こう続けた。

「竹光さん殺しとウサギ殺しに、まだ関係があるって思いたいんだ？」

伊月は、少しムスッとした顔で、しかし素直に頷いた。

「馬鹿にしてもいいっすよ、根拠なんてないんだから。でも、何か気になるんです。刑事の勘ならぬ、法医学者の勘って奴？」

「別に馬鹿になんかしないわよ。伊月君も、意外に頑固だなって思っただけ。いっそ、法医学者じゃなくて刑事になればよかったんじゃない？」

「まさか。俺は筧と違って、虚弱なんですよ。あんな生活できねえっての」

「ああ、それもそっか。筧君は……あ！」

いきなり大きな声を上げたミチルを、列に並ぶ他の人々が、胡散臭《うさんくさ》そうに見やる。

それを気にする様子もなく、ミチルはこう言った。

「私にも、伊月君が伝染したかも！」

「はあ？　俺が伝染？　何すか、いったい」

「W小学校よ！　さっき言ってたでしょ、竹光さんが徘徊してたあたり」

「は……はあ」

何が何だかわからない様子の伊月の二の腕を叩き、ミチルは強い口調で言った。

「だから！　竹光さん殺しと動物殺し、関係があるかもって」

「……はあ？　だから、何でW小学校なんですか」

「竹光さんの解剖があった日のニュース番組よ！　竹光さんの住んでたのはW町でしょ。そして、同じ夜に、W小学校でウサギ殺しがあったんじゃない。忘れた？　さっき、どっかでW小学校って聞いたと思ったの、あのニュースだったんだわ」

「……あ！」

伊月は思わず手を打った。その拍子に、抱えていた弁当が床に落ちる。

「お、俺、筧に電話してきます！　これ、会計しといてくださいっ」

慌ただしく弁当を拾い上げてミチルの抱えた弁当の上に載せると、伊月は物凄い勢いで店から飛び出していった……。

＊　　＊

中村警部補が取調室から出てきて、廊下のベンチに腰掛けたのを見て、筧はその前に駆け寄った。

「すんません、係長」

「おう、筧か。何や」

「休憩ですか？」

「昼休みや。最近は人権云々がうるさいからな。そのへんきちんとしとかんと、弁護士にえらい勢いで叩かれる。お前も、気ぃつけえ」

中村は、煙草に火をつけ、深く煙を吸い込んだ。その顔を見れば、取り調べが上手くいっていないことはわかる。筧は、おずおずと問いかけた。

「お疲れさんです。その、どないですか？」

「アカン。俺、昔から先生て苦手やねん。あの副塾長先生も、ようわからん奴やわ。おとなしゅうしょっ引かれて、竹光さん殺しまであっさり白状しといて、その理由も被害者との関係も、だんまりのし通しや。お前には関係ないやろっちゅう態度で、ふんぞり返っとるわ。やりにくうて敵わん」

中村は、そんなふうにぼやく。筧は、中村の顔色を窺いながら、訊ねてみた。

「竹光さんが徘徊しとったときの、あの不審車輌の件は？」

中村は、不機嫌そうに筧を見上げ、筧の顔に向かって煙を吐き出した。

「何も言わん。先生様は、そっぽ向いて知らん顔や」

「ほな、ピンバッジのことは？」

中村はうんざりした様子で顔を顰める。

「伊月先生からの情報のことかいな。問い詰めたら、バッジのことを知らんて嘘ついたんは認めよった。あのバッジは、特別クラスの担任として、いつもスーツにつけとったらしい。せやし、竹光さんを殺したときに、もみ合ってうっかり外れてしもたんやろて」

「それは認めたんですか」

「あっさりとな。せやけど、それがどうかしましたかって、涼しい顔でいけしゃあしゃあと言いよるねん」

筧は、中村の前に突っ立ったままで、もう一つ問いを重ねた。

「ほな、ピンバッジのこと、しらばっくれて誤魔化そうとした理由は？」

「塾にこれ以上、迷惑をかけんようにしたかったて。何しろ、親父さんが塾長やからな」

「塾に迷惑をかけないように……ですか」

口の中でその言葉を転がすように呟いた篔を、中村は不審そうに見上げた。

「何や、どないした」

「いや、あの……」

篔は大きな背中を少し猫背気味にして言った。

「いや、都合の悪うないことは、ペラペラよう喋るんやなと思て」

「当然やないか。どこの世界に、自分に都合の悪いことをベラベラ喋る容疑者がおんねん」

「そら……そうですよね」

「そんで、何や。何か用なんやろが」

法医学教室の面々に対するときはニコニコしていても、中村は刑事である。部下に売る愛想などひとかけらもないらしく、見上げてくる目つきは剣呑だった。

「いやあの……な、何でもないです！　その、動物殺しの聞き込みしたいんで、自分、一、二時間ほど出さしてもらいます。ほな！」

中村がもの問いたそうにしているのに背を向け、筧は逃げるように刑事部屋に戻った。

「うう……アカン」

椅子にかけておいたダッフルコートに腕を通しながら、筧は思わず呟いた。

(タカちゃんから電話もろて、勢いづいて係長んとこ行ったけど、どうにもまだ、話を切りだされへん)

興奮しきった伊月から、ついさっきスマートホンに連絡があった。

竹光寅蔵が殺され、彼の住居であるアパートが放火されたその同じ夜、彼のアパートがあるW町内のW小学校で、飼育舎で飼われていたウサギが殺された。

そして火事の約二時間前、竹光寅蔵はそのW小学校近辺を徘徊しており、同じ場所で、竹光寅蔵殺害の容疑者、ビクトリー塾副塾長のものとよく似た自動車が目撃されている……。

その偶然にしてはできすぎた一致に、思わず興奮して、何も考えないまま中村のところへ飛んでいったものの、取り調べは難航しているらしい。

ここで、竹光寅蔵と不審車輛が目撃されたその場所で、同じ夜にウサギが殺されていた……と告げても、中村警部補を苛立たせるだけだろう。

（もし、竹光寅蔵殺しと動物連続殺害に、何か関係があるんやったら……。その可能性を係長に言うだけやったらアカン。もっと、それを裏付けるような情報を仕入れな）

竹光寅蔵殺しはともかく、連続動物殺害事件のほうは、人がいないという理由とはいえ、自分が担当である。判断を上司任せにせず、自分の足で情報を集めよう。

そう自分に気合を入れ直し、筧は大きな声で他の刑事たちに挨拶し、刑事部屋から飛び出した……。

鑑識に立ち寄り、大先輩の鑑識員に平身低頭で頼み事をしたあと、筧が向かったのはＪＲのＴ駅前……そう、ビクトリー塾だった。

まだ子供たちが来る時間ではなかったので、筧は比較的スムーズに塾長に面会することができた。受付の女性に通されたのは、塾長室というプレートがかけられた小さな部屋だった。先日、中村や先輩刑事にくっついてここに来たときは、筧は早々に塾を出て車で待機していたので、塾長室に入るのは初めてのことだ。

というより、一般家庭や商店ならともかく、こうした教育関係の施設にひとりで聞き込みに来るのは初めてで、筧は緊張してスーツの肩をいからせた。

塾長室は、応接室も兼ねているのだろう。塾長用の立派なデスクが窓際にあり、その前に、高価そうな応接セットが置いてある。

革張りのソファーを勧められ、筧は居心地悪そうに浅く腰掛けた。

ほどなく扉が開き、塾長が姿を現した。筧は、弾かれたように立ち上がる。

塾長は、教師というよりは、やり手の実業家といった容貌の初老の男性だった。オーダーメイドなことが明らかな、仕立てのいいスーツを着ている。教師という仕事のわりに、顔はよく日焼けしているが、その理由はグローブの跡がクッキリついた手ですぐにわかる。いわゆるゴルフ焼けだ。

「T署の刑事さんですか。こないだとは違う人みたいですけど」

名乗りもせず、塾長は居丈高にそう言い、自分より頭一つ長身の筧を睨《ね》め付《つ》けた。

筧は深々と頭を下げ、警察手帳を見せた。

「何度もすんません。今日は、先日とは別件で、お話を聞きにお邪魔しました」

「別件？　それより、うちの息子をいつ帰してくれはるんですか。まったく、この大事なときに何ちゅうことをしてくれるんや、警察は。うちの息子は潔白やて、何度言うたら……」

「いや、あの！　そ、それは僕に言われても、担当違うんで……その、すんません！

今日も取り調べが進んでるようですし」

塾長にこう言われることは予想していたし、まともに取り合っていては、話が進まない。筧はとりあえず早口に謝り、自分は別件で話を聞きにきたことを重ねて訴えた。

塾長は、険悪な表情で筧を睨んでいたが、見るからに下っ端の筧に詰め寄っても無駄だと思ったのだろう。無言で、どっかとソファーに腰かけた。開いた足の角度が、彼の不機嫌度と正比例しているように思われる。

筧も、おそらく一生彼から椅子を勧められることはないだろうと判断し、ソファーに腰を下ろした。

「そんで、別件て、何の話ですか。今日の授業の準備もありますし、手短にお願いします」

おそらく五十代半ばくらいだと思われる塾長は、ズケズケと言った。教師だけあって、声に張りがある。目と声の迫力に気圧《けお》されつつも、筧は勇気を振り絞って質問を開始した。

「実は僕、ここんとこT市内で起こってる、連続動物殺害事件の捜査をしてます。この事件のこと、ご存じですか？」

その言葉に、塾長は不快げに顔を顰めた。

「そら、僕ら塾の教師は時事問題に通じてへんと、面接の指導ができませんからね。ニュース番組で見て知ってますけど、それがうちとどういう関係が……」

一言えば十文句が返ってくるのに辟易しつつ、筧は、スーツのポケットから、小さなビニール袋を取り出し、テーブルの上に置いた。それを見た瞬間、まだ何かまくし立てようとしていた塾長の頰がピクリと痙攣する。

筧のギョロ目は、それを見逃さなかった。

「それは……！」

「これは、一昨日の午前零時半、T市A町私立A幼稚園で起こった、ウサギ殺しの現場に落ちていたものです」

筧は一言一言区切るようにはっきりと言い、塾長の表情を窺った。塾長の日に焼けた顔が引きつり、厚い唇が震える。

「それが……」

「このピンバッジ、こちらの塾の……ええと何でしたっけ、『プログレッシブ・クラス』っちゅう特別クラスの生徒さんだけがもらえるもんとお聞きしてます」

「そ……それは……まあ……」

「『プログレッシブ・クラス』の生徒さんは、六年生の選ばれた十人くらいだけっちゅうお話ですよね。せやけど、バッジですから、毎年の生徒さんに渡せるようにようけ作ってはるでしょうし、先生方も一つ二つ持ち出すんはそう難しいことと違うんやないかと……」

「ちょっと待たんかいな！」

言いよどんでいた塾長は、筧の言わんとしていることを察したのか、突然語気を荒らげた。片手でテーブルを叩き、筧を黙らせてから、塾長は低い声で凄んだ。

「あんた、何か、これが、うちの教師が持ち出したもんやて言うんかい」

「いや……僕はそうまでは……」

筧は自分が言いすぎたことを悟り、何とか相手を落ち着かせようとした。だが、中村らベテラン刑事と違って、こうしたときの話術など何一つまだ知らない筧である。

いきりたった塾長の勢いは、止まらなかった。

「うちの息子を、副塾長を連れていっただけでは足らんのんか！　お前ら、どっか他の塾の廻し者かい！」

「いや、そんな……」

「だいたい、『プログレッシブ・クラス』は、二年前からやっとるんや！　生徒はみんな記念にバッジを持っていきよるし、落とした言われたらまた渡すし、そないなもん、誰の手に渡って、誰がどこに持っていくかわかったもんやあれへんわ！　何を言いがかりつけに来とるんじゃ！」

「そ……それは……も、もっともです……」

「警察やからて、言うてええことと悪いことがある。これ以上、ウチの塾に面倒かけんといてくれ。ええか。もっぺんその顔見してみぃ、名誉毀損《きそん》で訴えることも考えたるからな！」

塾長はそう言うなり立ち上がり、怒りで真っ赤に染まった顔で、扉を指さした。

「今すぐ出て行かんかいッ！」

筧は、自分の話し方の拙さを悔いたが、もう後の祭りである。こうなってしまえば、これ以上話を聞き出すことは不可能だった。

「大変失礼なことを言うて、申し訳ありません。その……」

それでも一縷《いちる》の望みを抱いて、筧は詫びたが、塾長は肉食獣の目つきで筧を睨みつけている。その目には、凄まじい怒りが渦巻いていた。

どうやら、何かを誤魔化そうとしているという様子はない。塾の将来を託そうとしていた息子が殺人事件の容疑者となり、さらに今、動物殺しにまで塾の人間が関係しているのではないかと疑いをかけられて、彼は掛け値なしに激昂しているのだ。

(もし、副塾長が何かしとったとしても……父親であるこの人は、何も知らんような気がする……)

「ホンマに、すいませんでした。失礼します」

筧は深く頭を下げ、塾長室を出た……。

「せやけど、参ったなあ……」

塾のあるビルから通りに出て、筧は深い溜め息をついた。回想すればするほど、自分の話の進め方が間違っていたことを痛感する。

そして、ここまで相手を怒らせてしまった以上、二度と塾長に会ってまともに話を聞いてもらえる可能性はないだろう。それどころか、竹光寅蔵殺人事件の捜査にも、悪影響を与えてしまいかねない。

「あー……帰って係長に何て報告しよ。しばかれるなあ、絶対。余計なことすんな言うて、殴られるかもしれへんな」

ガックリと肩を落とし、筧はビルの外壁にもたれた。

何とか自力で情報を集めようと思ったものの、こっぴどく出鼻をくじかれて、さすがの筧も、すっかり意気消沈の体《てい》である。さて、これからどうしようか、いったん署に戻って、鑑識に頼んでいたことの結果を訊こうか……と、どんよりした冬の空を仰ぎ、思わず深い溜め息が出る。

そんな筧の耳に、これからどないするん？」

「お母さんは買い物して帰るわ。お夕飯のおかず買わんとやし。あんたはしっかり勉強しなさいよ」

筧はハッとした。彼の前には、母親と小学生とおぼしき少年がいた。少年は、肩からビクトリー塾のバッグを斜めがけにしている。そのバッグに、お馴染みの「P．C．」のバッジが輝いているのを見て、筧は顔色を変えた。ビルの壁から背を浮かし、親子の会話に耳をそばだてる。

「そっか。今日は迎えに来なくてええで」

「あら？　他の先生が、代わりに送ってくれはるのん？」

「ううん、今日は遅くまで居残り自習するし、大沢《おおさわ》のお父さんが車で迎えに来てくれるねんて」

「あら、そう。車のあるお家はいいわねえ。じゃ、何かあったら電話しなさい。そしたら頑張ってね」

「うん！」

少年は母親に手を振り、筧の脇をすり抜けて、ビルの中……ビクトリー塾へと階段を駆け上がっていった。それを見送り、母親は商店街のほうへと歩きだす。筧は咄嗟《とっさ》に、母親を呼び止めていた。

「あの、すんません！」

「……はい？」

何かの勧誘かと、母親は警戒を露わに振り返る。筧はすかさず警察手帳を見せ、こう言ってみた。

「息子さん、ビクトリー塾の生徒さんなんですか？　あの、こんな時間に塾に……？」

「ええ、そうですけど。今日、学校の創立記念日でお休みですから。早く行って、自習するんです。それが？」

母親は、筧の警察手帳にかなりの興味を示しつつ、いったい警察が自分に何の用かと、かなり訝しんでいるようだった。筧は、できるだけ丁重にこう言った。

「実はその……もしよろしかったら、ちょっと息子さんの通っておられる塾のお話、聞かせていただきたいんですけど」

その言葉に、母親は「ああ」と訳知り顔で頷いた。

「もしかして、副塾長先生のお話ですか？　何や、人を殺して捕まったとか……。何ですの？　刑事さんでしょ、今日は捜査で来はったんですか？」

声を潜め、どこか期待に目を輝かせて、母親は囁いた。どうやら、相当にゴシップ好きであるらしい。しかし、この食いつきのよさは、今の筧には有り難かった。

そこで筧は、母親にどこかで話を聞かせてくれるよう頼んでみた。署に行くほどの暇はないということで、すぐ筋向かいの小さな喫茶店に入る。

そこで、今度はややフレンドリーに喋りすぎて困る母親に手を焼きつつ、筧はようやくまともな情報を聞き出すことができた。

それによると、「プログレッシブ・クラス」は、毎年六月末に、六年生の生徒から十人ほど選抜され、編成されるらしい。

そして、七月から、月～金曜日の毎放課後、一般クラスより遥かに高度な授業を行い、しかも授業の後や週末でも、塾での自習は自由で、それにも必ず副塾長をはじめ、他の講師がつきあってくれるのだという。

「えらい熱心なんですね」

筧が感心してそう言うと、母親はケーキセットをぱくつきながら言った。

「そうですのんよ。でも、それくらい一生懸命やって、合格率上げてくれはらへんかったら、あんな小さな塾、大手の塾にあっという間に負けてしまうんと違うかしら。ここだけの話ですけど、『プログレッシブ・クラス』は、お月謝もけっこうお高いですし。……ああ、でもえらい迷惑ですわ、副塾長先生がこんなときに逮捕やなんて」

「あ……、はあ。どうもその、すいません」

謝るいわれはないのだが、ジロリと睨まれ、筧は思わず頭を下げてしまう。まだ三十代後半と思われる母親は、緩いパーマをかけた髪を振り払い、こう言った。

「もちろん、次の塾長にならはる人やし、自分の塾の未来がかかってるから当然ですけど、副塾長先生、熱心な方でしたんですよ。まだお若いし独身やし、お母さん方にも人気があって。ふふふ」

「はあ……そうですか。え？　独身？」

「ええ。だからこそ、あんなに毎日子供たちにつきあえたんやと思いますけど。これまでは、居残り自習がとっても遅くなったときは、副塾長先生が生徒たちを送ってくださってたんですよ。そやから、大きな車をお持ちで」

「……ああ、それで」

独身者が乗るには大きすぎるワゴン車のことを考えていた筧は、母親の説明に納得して頷いた。と、とあることを思いつき、母親にずいと詰め寄る。

「あの！」

「は、はい？」

いきなり熱を増した筧の声に、母親は軽く体を引く。それに構わず、筧はこう訊ねた。

「あのですね。そういうとき、だいたい何時頃まで居残りをしてはるんですか？　その、副塾長先生が送ってくれはるときって」

「そうですねえ。今の子はホンマに大変って思いますけど、午前零時くらいまでやってますよ、最近では。もう少しの辛抱やから頑張りやーて言い聞かせてますけど」

(午前零時……まさか……まさか！　いや、落ち着け。落ち着かな)

筧はすうっと深呼吸してからもう一つ問いを重ねた。

「ほな、先々週くらいから、先週逮捕されるまで、副塾長先生がお子さんを送ってくれた日ってわかりますか？」

「ええ？　副塾長先生が、うちの子送ってくれはった日？　ちょっと待ってくださいね」

母親はハンドバッグから手帳を取り出し、ペラペラとめくってにっこりした。

「あとでお礼せんとと思て、控えてましたからわかりますわ。先々週からやったら……ほら、手帳に印つけてるとこです。見てください。しょっちゅうですわね。生徒さんはみんな近所ですから、順番に家まで送ってくれはって……。ですから、微妙に早い遅いはありますけど、午前零時前くらいに帰ってきたと思います」

「なる……ほど……」

メモ帳に得た情報を書き付けながら、筧は自分の鼓動が速くなるのを感じていた。

母親は、怪訝そうに首を傾げ、筧の手元を覗き込む。

「そんなことが、お役に立ちますの？　ああ、副塾長先生のアリバイとかそんなんですか？」

「あ、いや、そういうわけでは……。と、とにかく、ありがとうございました。念のため、ご連絡先、教えてもろてええですか？　もしかすると後日、ご都合のええときに、今のお話、きちんと調書取らしてもらうことになるかもしれませんので」

「いやー、ホンマに？　何やドラマみたいやわ。ワクワクしてしまいそう」

そんな呑気なことを言っている母親に丁重に礼を言って別れ、筧はT署に取って返した。ほとんど駆けどおしだったので、真冬だというのにコートの下にはびっしょり汗を掻いている。

「おい、でくの坊」

廊下を歩いているとき、筧は野太い声に呼び止められた。

鑑識課の扉が開き、そこから鑑識員の加藤《かとう》が顔を出していた。三年後に定年を控えた古参《こさん》の鑑識員である加藤は、小柄で痩軀のぱっと見、銀行員のような男である。だが、眼鏡の奥の目は、陰で「トカゲ」とあだ名されるほど冷ややかで、極端に瞬きの回数が少ない。本人曰く、「やたら凝視することが多い仕事を続けるうちに、瞬きをしなくなった」らしい。筧は、この加藤に、出かける前にちょっとした確認作業を依頼していたのである。

「あ、加藤さん。後で伺おうと思てたんです」

筧は立ち止まり、ぺこりと頭を下げる。加藤は、能面のような無表情のまま、冷たい声で言った。

「さっきのあれ、ちらっとやけど見といたぞ」

「あ、もうですか？　ありがとうございます。で、どうでした？」

「ええ勘や。あとでちゃんと調べて書類にせんとあかんけど、機械も俺の目も、一致やと言うとる」

「……ホンマですか！」

筧の目が、強い光を帯びて輝いた。加藤は、にこりともせずに頷く。

「それがどういうことなんか、俺にはわからんけど、そういうこっちゃ。わしらは物証から事実を読み取ることだけが仕事やからな。あとはお前がよう考えぇ」

「はいッ。ありがとうございます！　早速、係長に知らせてきます！」

「おう。ほなな」

開いたときと同じように唐突に、加藤は鑑識課の扉を閉めた。筧はほとんど躍りださんばかりの勢いで、刑事部屋に向かって駆け出した……。


中村警部補が再び取調室から出てきたのは、午後三時過ぎだった。廊下で待っていた筧は、中村の姿を見ると、小走りに駆け寄った。

「係長！」

「……何や、お前は。今日は俺の追っかけでもやっとんか」

相変わらず苦虫を噛み潰したような面持ちで、中村は筧を睨んだ。

筧は、直立不動で言った。

「いえ、……その自分、係長にお願いがあります」

「ああ？　何や。こっちは取り調べで往生しとんのや。頼みやったら他の奴にナンボでも……」

「その取り調べのことなんですけど」

筧は、ごくりと生唾を飲み込み、思い切ってきっぱりとこう言った。

「あの！　物凄い生意気なお願いやとは思うんですけど、自分に少しだけ、容疑者と話をさせてもらえませんか」

「ああん？」

中村は、部下のまさしく僭越《せんえつ》としか言いようのない言葉に、きりりと眉を跳ね上げた。

「お前、何調子こいとんねん。自分のほうが、俺より上手く尋問できるて言いたいんかいな」

「ち、違いますッ。そうやのうて、あの、別件で」

「別件？　何のことや」

「その、僕が担当さしてもらってる、連続動物殺害事件のことで。容疑者が関係しとる可能性が……」

中村は、一生懸命説明しようとする筧の言葉を、荒々しく遮った。

「おい。お前、伊月先生にそそのかされ過ぎ違うか。昨夜伊月先生、竹光さん殺しとウサギ殺しが関係あるかもやの何やの寝言みたいなこと言うてはったやろ。お前、それを鵜呑みにしとんのか。このドアホ！」

「いや、そうやないんです。……その……」

筧は長身を屈め、中村の耳元に何やら囁いた。今にも筧を殴り飛ばしそうだった中村の凶相に、徐々に鳩が豆鉄砲を食ったようなぽかんとした表情が広がっていく。

やがて筧が姿勢を元に戻したとき、中村の口から出た言葉は、「……ホンマか？」だった。

「ホンマです！」

筧はキッパリと言う。中村はしばらく考えて、「わかった」と言った。

「せやけど、アカンと思たら、すぐ止めるで。俺は鏡の裏で見とるからな」

「はいッ」

「ほな、休憩終わったらやってみるか」

「はいっ。ありがとうございます！」

筧は、これ以上ないくらい深々と、中村に頭を下げた……。

取調室には、煙草の臭いが立ちこめていた。テレビドラマさながらの殺風景な部屋の中には、書記用の机が隅に、真ん中に大きめの事務机が置かれていた。そして、鉄格子の嵌った窓を背にして、ひとりの男性が座っていた。容疑者の、ビクトリー塾副塾長、大塚吉輝《おおつかよしてる》である。

若き副塾長というイメージにぴったりの、理知的な、しかしどこかに暗い翳のある表情の男だった。

筧が、机を挟んで向かいの椅子に腰掛けると、大塚は意外そうに充血した目を見開いた。筧は、しゃちほこばって頭を下げる。

「中村の部下の、筧です。すんません、ちょっとの間だけ、僕に相手さしてくださ い」

大塚は、物憂げに筧の顔を見た。

「質問する人が替わったところで、もうお話しすることは何もありませんけど」

「ほな、まず僕の話を聞いてください。僕はアホやから、あんまり喋り上手やないですけど、色々考えてみたんです」

筧は、朴訥《ぼくとつ》な口調でそう言った。休憩時間の間、どんなふうに目の前の男と話そうかと考えに考えていたが、やはり、正直に自分の考えをぶつけてみるしかないと、筧は思ったのだ。

　大塚は、そんな筧の物言いに興味を引かれたらしい。その伏せがちな目に、ほんの少し光が宿った。

「色々とは、どんな話です？」

　筧は、大塚の前に、二つのビニール袋を置いた。そのそれぞれに、くだんのピンバッジが入っている。

「また、これですか。大塚は、ガッカリしたように嘆息した。

「これ、これですか。嘘をついたのは申し訳なかったですが、塾に迷惑をかけたくなかったと申し上げたやないですか。一つは僕のですし、もう一つは……誰のもんか、どうしてウサギ小屋になんか落ちとったんか、ようわかりません」

「それはわかってるんです。僕が言いたいんは、大塚さんが自白してはる竹光寅蔵さん殺しと、僕が担当しとる連続動物殺害事件の……少なくとも二例は関係してるんと違うやろかっちゅうことなんです」

「………」

　大塚は、そっぽを向いて沈黙した。筧は構わず言葉を継ぐ。

「大塚さんは、『プログレッシブ・クラス』の担任をしてはりますね。それで、居残った生徒さんたちを、先月末から勾留《こうりゅう》されるまでの間、何度か、それぞれの自宅までご自分のワゴン車で送りはった。間違いないですか？」

　大塚は横を向いたまま頷く。

「大塚さんが生徒たちを送迎しはった夜、T市内で、動物殺しの事件が起こってるんです。先々週にはC町のK小学校、先週の木曜の朝にはW町のW小学校で、それぞれ飼育舎で飼ってたウサギが殺されてるんが見つかってます。方法はどっちも同じ、カッターで滅多切りですわ」

「……それが何ですか」

　穏やかだが、微かに苛立ちを込めた声で、大塚は言い返す。筧は、一生懸命言葉を選びながら話を続けた。

「それが何やろってずっと思ってたんです。……大塚さん。その二つの動物殺し、お宅が関わってますよね？」

「……何だってそんな話になるんですか」

「指紋です」

　筧は、鑑識の加藤がとりあえずにと用意してくれた、指紋を照合したパソコン画面をプリントアウトしたものを机に置いた。

「こちらはC町のK小学校、こちらはW町のW小学校のウサギ小屋から採取したたくさんの指紋のうちの一つです。大塚さんが、ここに来はったときに採った指紋と一致してます」

「ウサギ殺しごときで、指紋まで採ったんですか。警察も暇なんですね」

テーブルに置かれた二枚の紙片を見下ろし、大塚は冷ややかに言った。だが、テーブルに置いた手の指が、細かに震えているのに筧は気づいた。

「殺人でもウサギ殺しでも、命が奪われとることに、変わりはないです。大塚さん、話してもらえませんか」

「……煙草一本、いいですか」

筧は頷く。大塚は、それから数分黙り込んだ。椅子に深くもたれ、黙々と煙を吐き出し続ける。筧は、我慢強くじっと待った。

一本の煙草を吸いきってしまってから、大塚はボソリと言った。

「そうですよ。僕がやったんです」

「……大塚さん！」

煙草を吸いながら、腹をくったのだろうか。大塚は、やけに挑発的な視線を筧に向け、きっぱりと言った。

「ほら、そこの書記の人。きっちり記録してくださいよ。僕がやったんです」

「……何で、そないなこと……」

「想像くらいつくでしょう。ストレスですよ。子供らの相手は、楽なもんやないです。子供らの悩みを聞いて、アドバイスして、勉強を教えて、励まして、宥《なだ》めてすかして、保護者からの訴えを聞いて、塾の経営のことを考えて！　もう、僕ら塾講師のストレスて、えらいもんなんです。それを、弱いもん、小さいもんを殺すことで憂さ晴らしがしたかった。それだけですわ。よう突き止めはったですね」

まるで芝居の台詞のように一息に言い、大塚は、反応を待つように筧を見た。

本当ならば、新しい供述が得られたと喜ぶべきなのだろうが、筧の引き締まった表情は、少しも緩まなかった。注意深く大塚の面を窺いながら、こう言った。

「今朝も訊かれたと思いますけど、今の大塚さんの供述を踏まえたうえで、もっぺんお訊きします。木曜の午前零時頃、大塚さんが殺したと言うてはる竹光寅蔵さんが、W小学校近辺を徘徊してるんが、近所の人に目撃されてます。その後ろから、紺色のワゴンタイプの車が、ゆっくり……竹光さんを追跡するみたいに走っていくのも。午前中の取り調べでは知らんと仰ったようですけど、もういっぺん答えてください。その車は……」

「僕の車です。子供たちを送り届けたあと、ウサギ小屋に忍び込んで、カッター持ってウサギを殺しているところを、その竹光とかいう年寄りに見られました。何とか金で口止めしようと家までつけて、直談判《じかだんぱん》したところがこじれて……。僕も混乱してしもうて自分でもようわからんうちに、あの年寄りを絞め殺してしもうてました。……で、何とか誤魔化そうと思うて、アパートの外にあった古新聞に火をつけたんです」

あまりにすらすらと語られる告白に、筧は違和感を覚える。

「……大塚さん。これまでずっとその辺のことは黙秘してはったのに、何で今になって……」

「指紋が出たからですよ。僕はこれでも理系の人間ですから。物証が出たら、無駄な抵抗はしません」

「…………」

今度は逆に黙り込んでしまった筧を、大塚はむしろ面白そうに、青白い頬に笑みさえ浮かべて見やった。

「何で、そんなに不満そうな顔しはるんですか、刑事さん」

筧は、じっと大塚を見返した。筧のいつも真っ直ぐな瞳には、珍しく大きな迷いの色があった。

「不満やないです。そやけど、僕にはそれが、まんまホンマのことやとは思われへんのです」

「ホンマのことですよ。自白です。動物を殺したんも僕、竹光さんを殺したんも僕、筋は通るやないですか。記録を取り損ねたんやったら、僕、何度でも言いますよ」

大塚はそう言い放ち、胸を張った。筧は、悲しげに溜め息を一つつき、そして言った。

「ほな、これはどうですか。大塚さんが勾留された翌日の夜に、A町の私立A幼稚園で、五匹のウサギが殺されました」

「二つめのピンバッジのことを訊かれたとき、その話はもう聞きました。それは僕に無関係やないですか。僕はここに閉じこめられとったんですから」

小馬鹿にしたように、大塚は鼻を鳴らす。筧は、深く頷いた。

「そうなんです。せやけど、ウサギの殺され方は、その前の動物殺し事件とそっくり同じなんです。……そのとき殺されたウサギを、法医学教室で鑑定してもらいました。そしたら、使われた凶器は、さっき大塚さんが言わはった、カッターてわかったんですわ」

「……！」

「そんときは、住み込みの警備員さんが、逃げていく犯人を見てます。小柄な三人か四人くらいの人物で、フェンスを乗り越えて、走って逃げました」

大塚は、苛々したように指先で机をコツコツと叩いた。

「だから、それが何ですか。僕はここにいたんやから、僕には無関係やないですか」

筧は、静かに言った。

「いちばん最近の事件に関してだけは、大塚さんが無関係なんはわかってます。……せやけど、他の事件と合わせて考えると、この事件の上にも、大塚さんの影を感じるっちゅうか……すんません、曖昧な表現で。せやけど、僕、ふっと全部の動物殺害事件が起こった場所を、JR T駅からの距離で考えてみたんです。そしたら、他は全部T駅から離れてるんです。それこそ、車で行かんとちょっときついくらいに。それが、いちばん最近の事件だけが……A幼稚園だけが、駅から十分歩いて行ける距離にあるんですわ」

「……何が言いたいんですか」

大塚は声を尖らせる。だが、筧は抑えたトーンの声で続けた。

「大塚さんが勾留されて、車が使えなくなった途端に、駅から……つまり塾から近い幼稚園でウサギが殺されたんは、ホンマに偶然でしょうか。おまけに、そこに『プログレッシブ・クラス』のピンバッジが落ちとったんも、たまたまでしょうか」

筧は正面からじっと大塚を見据える。大塚は、筧から目を逸らし、唇を噛んだ。

「大塚さん、本当のことを……」

「本当のことは、今言いました」

筧の諭すような言葉を、大塚はピシャリと遮り、そう断言した。

「大塚さん……」

「これ以上、お話しすることはありません」

大塚は、強い調子でそう言い、キッと筧を睨んだ。筧は、酷く悲しげな顔で大塚を見返したが、やがて、がたりと椅子を鳴らし、立ち上がった。

「わかりました。せやったら、あとは僕が自分で追いかけます」

「……何でですか」

大塚は、哀願するような眼差《まなざ》しで筧を見上げた。筧は、戸惑いつつも、問い返す。

「何が、何でですか？」

「ええやないですか。何もかも僕が悪いでええやないですか」

大塚は、筧にようやく聞こえる程度の掠れ声でこう付け加えた。

「追いかけてもどうにもならんやないですか。どうにもならんもんを暴《あば》くより、何でそっとしといたられへんのですか」

　その問いに、筧は咄嗟には答えられなかった。突っ立ったまま、しばらく大塚の強《こわ》張《ば》った顔を見下ろし……やがて、自分に言い聞かせるように、一言一言、ゆっくりと言った。

「僕は、大塚さんみたいに先生やないから、賢い言い方はできません。せやけど、これだけは確かです。奪われた命があるからです」

「奪われた……命……」

「法律ではどないもならんことでも、命を奪ったことへの落とし前はつけてもらわなアカンと、僕は思てます」

「……それが、誰かの人生に取り返しのつかない傷をつけるとしてもですか？」

「骨まで腐らせてしまうよりは、皮膚にでっかい傷を作ってでも、バイ菌の入った奥底まで消毒したほうがええ。変なたとえやけど、僕はそう思てます。……お時間頂いて、すいませんでした」

　筧は、深く頭を下げてから、大塚に背を向けた。そのまま取調室を出て行こうとした筧の背中に、大塚の苦く重い声が聞こえた。

「社会のすべてが歪んでいるってのに、そんな綺麗事が通用するわけないじゃないですか。世界が斜めに傾《かし》いでるときに、自分だけ真っ直ぐ立とうと躍起になってるようなもんですよ、今のあんたは」

＊　＊

「……クシュンッ！　ぐあー。寒……」

その夜、午後十一時十分……。

筧は、ビクトリー塾の筋向かいのビルの壁にもたれ、身震いした。

もうかれこれ二時間半あまり、筧は寒風吹きすさぶ中、そこに立ち続けている。

取調室を出てから、筧はマジックミラー越しに隣室ですべてを見聞きしていた中村の許へ行った。そして、今夜、ビクトリー塾を張りたいと申し出た。

中村は、無言で考え込んでいたが、真面目な顔でこう言った。

「お前は、あくまで連続動物殺害事件の捜査をしとるんやな？」

筧は無言で深く頷く。中村も頷き返し、筧の肩をポンと叩いた。

「ほな、とことん頑張ってこい。俺も、お前がカギ開けてくれた扉を、これから開きにかかったる」

「竹光さん殺しの真相ですか」

「せや。勾留期間はまだある。焦らんと、じっくり話を聞き出しにかかるで。気合入れ直さなな、お前みたいなひよっこに負けんように」

「……ありがとうございますっ」

筧は、今日何度目かわからない、膝に額がつきそうな深いお辞儀をした……。


そんなわけで、筧は今、ビクトリー塾の前にいる。待っているのは、まだ塾で居残り自習をしているはずの、「プログレッシブ・クラス」の生徒たちだった。

午後九時過ぎに、ビクトリー塾のあるビルからは、たくさんの子供たちが出てきた。おそらく、五年生か、六年生の一般クラスの生徒たちだろう。

通り沿いの店からの灯りだけでは、子供たちの中に「プログレッシブ・クラス」の子供たちがいるかどうかはわからなかった。だが、自主的な居残りというからには、居残りをせずに帰る生徒もいるだろう。友達どうしで、あるいは迎えに来た保護者に連れられて、三々五々家路につく子供たちを、筧はじっと見送った。

(僕はもしかしたら、ほんまにどないもしょうのないことを、自分が満足したいから暴こうとしとるんやろか……)

筧は、手袋をしていても凍えて強張る両手を擦り合わせながら、ここに来る前からずっと考え続けていた疑問をまた繰り返した。

午後に大塚と話して、その不自然に明晰な物言いから、彼が何かを隠していることはすぐにわかった。そして彼と会話しつつ、同時に自分の頭の中を整理していくうちに、彼が庇い、守ろうとしているものが何かも、篁には予想がついていた。

だが、それを自分の目で確かめることに、彼はまだ躊躇いを抱いていた。

もちろん、刑事として、初めて任された事件を解決に導くことは、今の彼に望みうる最大の功績だと思う。世話になった先輩刑事や中村警部補にも、少しくらいはこれまでの恩返しができることとなるだろう。

それ以上に、事件を解決することで……犯人を特定することで、殺された動物たちも少しは報《むく》われるかもしれない。

さっきから何度もそう自分に言い聞かせてはいるのだが、やはり心の中にあるわだかまりは、少しも消えてくれそうにない。

「……どうしたもんやろな……うわッ」

そう呟いた篁は、突然頬に熱いものを押し当てられ、飛びのいた。咄嗟に身構えた篁だが、目の前に立つ人影を見て、ホッと胸を撫で下ろす。そこにいたのは、伊月とミチルだったのだ。

「よう」

「お疲れ、筧君。そこのコンビニで、あっつい缶コーヒー買ってきたわよ」

ホッとしたものの、何故その二人がここに現れたのかがわからず、筧は差し出された缶コーヒーを握ったまま、啞然《あぜん》とする。

「何で……？」

伊月は、革ジャンのポケットに両手を突っ込み、白い息を吐きながらニッと笑った。

「や、例の竹光さん殺しの件で、今日の夕方、中村さんがうちの教授に会いに来たんだよ」

「へえ。係長いてへんと思たら、そっち行ってたんや。けど、それが何？」

筧は首を傾げる。幾何学的な模様がびっしり入った風変わりなジャケットを着込んだミチルは、クスリと笑って言った。

「都筑教授に、筧君元気かって訊かれて、中村さんったら、今日、筧君が初めて取り調べに入った話をしてたの。何か、息子自慢するみたいで可笑しかったわよ」

「か、係長が、そないなこと……」

「教授室の扉開けっ放しだったから、筧君が夜にここで張り込みするってのも、ばっちり通りすがりに聞いちゃった」

「あああ……」

筧は頭を抱えた。伊月は、慌ててポケットから手を出し、胸の前で振った。

「いや、お前の邪魔するつもりじゃねえんだぜ。ただ、実験が長引いて、こんな時間になっちまったからさ。お前に差し入れでもして、様子見てから帰ろうかって思って来ただけ」

「……そ、そうやったんや。おおきにな。伏野先生も、すんません」

「いいのよ。熱いうちに飲んでね。……それにしても……」

ミチルは筋向かいのビルを見上げた。三階と四階……ビクトリー塾があるフロアだけに、煌々《こうこう》と灯りがついている。

「中村さんの言ってたことから想像すると……そしてここで張ってるってことは、やっぱりそうなの？」

ミチルの曖昧な問いに、筧もまた中途半端に首を縦に振った。

「まだわかれへんのですけど……でも、おそらく」

「そっか……。前に、ウサギ小屋の近くに残った足跡の写真を見たとき、先入観を捨てなきゃって言ったし思ったけど。あのときは、まだ捨て方が甘かったのね。もっと徹底的に捨ててれば、もっと簡単に結論にたどり着けたのかも」

　伊月も、小さく頷く。二人とも、筧の意図はうすうすわかっているらしい。様子を見て帰ると言ったもののその場を去りがたいらしく、二人とも何も言わず、筧と同じように、冷たいコンクリートの壁にもたれかかった。

「…………」

　筧は二人に帰ってくれと言ったものかどうか躊躇ったが、結局何も言わなかった。後で振り返ってみれば、ひとりで過酷な現実に直面するのが、彼は怖かったのかもしれない。

「なあ、筧」

　そんな筧の胸中を見透かしたように、伊月は剝き出しの両手に息を吹きかけながら言った。

「約束する。お前の邪魔は絶対しねえから。ただ、ミチルさんも俺も、ホントのことをしまいまで見届けたいんだ、ちゃんと。……竹光さんとウサギの遺体に触ったからにはさ」

　ミチルも何も言わず、大きな目で筧を見る。筧は大きな口の端を僅《わず》かに引き上げ、自分の軟弱さへの苛立ちと、まさしく仲間と言うべき二人の存在への感謝を込めて、複雑な微笑を浮かべたのだった……。

十一時二十分頃、ビルの入り口の扉を開き、三人の少年が出てきた。篁と伊月、それにミチルはハッと身構える。

闇に慣れた篁の目には、三人のうちの一人が、今日の昼、母親と一緒にやってきた少年だということが見てとれた。

三人の少年は、最初から示し合わせていたように、駅とは反対方向に歩いていく。

（あんとき、誰かクラスメートの父親が迎えに来る言うてたけど……そんな気配はあれへんな。やっぱり嘘か）

胸の中で苦い思いを噛みしめつつ、篁は、伊月とミチルに目配せした。三人は、少年たちと適当な距離を置いて、ゆっくりした歩調でついていく。篁は、早くも心臓がドキドキと速い脈を打ち始めるのを感じていた。

三人の少年は、ＪＲの線路側……北側の細い路地へと入っていく。足音を忍ばせ、篁たちもその後を追った。

少年たちが足を止めたのは、駅とＯ医大のちょうど中間あたりにある幼稚園の前だった。住宅と商店が混在した道路沿いにあり、門は煉瓦《れんが》造りだが、あとは背の低いフェンスで囲まれている。先日訪れたA幼稚園よりは敷地が広く、園庭の端に置かれた遊具の数も多かった。

少年たちは、頭を寄せて何かを囁き合うと、フェンスを乗り越え、幼稚園の敷地へと入っていく。近くの商店の看板の陰に隠れ、様子を窺う筧たちには、少年たちの話し声は届かない。だが、三人とも、この手の侵入に慣れている様子だった。

筧は、三人の少年たちが園庭に入ったのを見届けて、伊月とミチルに低い声で言った。

「中には、僕が入ります。お二人は、柵の外側におってください」

「わかったわ」

「でも、やばくなったら呼べよ？　相手はガキだけど、でも……」

伊月は言いよどみ……しかし、思い切ったように言った。

「もしかしたら、いやたぶん、刃物持ってるんだからな」

筧は、見たことがないほど厳しい面持ちをして、こう言った。

「まだ、ホンマはそうやなかったらええと、心から思てるけどな。……心配せんと、待っとって」

そして筧は、コートのポケットから懐中電灯を出し、道路に出た。足音を忍ばせ、少年たちに気づかれないように、長身を屈めてフェンスの外側から中を窺う。

少年たちの姿はおぼろげにしか見えないが、彼らが手にした懐中電灯の光が、ゆらゆらと黄色っぽく揺らめいていた。

今、少年たちの襟首をひっ摑まえれば、ただの「住居不法侵入」で済む。そうしたい気持ちを、筧はぐっと堪えた。そして、音を立てないように注意しつつ、長い足を振り上げ、フェンスの向こうに降り立った。

伊月とミチルも、へばりついていた店の看板を離れ、屈んだ姿勢で、フェンスの前まで移動する。

「万が一、ここでパトロールの警官に見つかろうもんなら、俺たちが誰よりも不審人物っすよね」

街灯《がいとう》の光が極力当たらない場所に陣取り、地面にしゃがみ込んでフェンスから園庭を覗き込みながら、伊月は不安げな口調でそう言った。ミチルは、ヒソヒソ声で言い返した。

「そうなったら、私たち、まとめて都筑教授の超弩級雷《ちょうどきゅう》を食らうわよ。そんなことが起こらないように、祈ってましょ」

「……アーメン」

伊月は、緊張を隠すように、大袈裟な仕草で十字を切ってみせた。

少年たちは、それぞれが手に持った小振りの懐中電灯で、足元や前方を照らしながら歩いていく。その足取りに迷いがないところを見ると、明るいうちにフェンスの外から下見をしたことがあるのだろう。

園庭の一部に、緩い……それこそ高さが一メートルちょっとくらいの、人工的な小さな山がある。少年たちはその山の麓《ふもと》にそって歩き、鉄棒の横にある小さな小屋に近づいた。見るからに動物を飼っていそうな、木造の可愛らしい山小屋風の小屋である。

筧が低い山の側面にへばりつくようにして小屋の様子を窺っていると、少年たちの小さな声が聞こえてきた。山肌から顔を出してみれば、少年たちは金網の外側から小屋の中を照らし、

「何や、誰やねん、ウサギ言うたん。モルモットやん、これ」

「だって遠くから見たから、わからんかってんもん。似たようなもんやんか」

どうやら、ウサギを狙《ねら》ってきたところが、小屋の中にいたのはモルモットだったらしい。

「こんなにちっこいのん、つまらへんやん」

「そんなん言うたって、塾から歩いて行けるとこで動物飼ってるとこ、探すの大変やねんで！」

友人の非難に腹を立てたらしく、言い返す声が大きくなっている。それをすかさず、もう一人の少年が窘めた。

「しゃーないやろ。大塚先生が警察に捕まってしもてんし、僕らだけでこっそりやらんとアカンねん。ちょっとくらいつまらんかっても、我慢や」

「しゃーないなあ」

「嫌やったらやめろや」

「うっさいな。ここまで来たら、やるっちゅうねん」

まるで他愛ない遊びでも始めるような調子で三人は喋っている。筧は複雑な気持ちで、成り行きを見守った。

「よっしゃ、行くで」

例の筧が昼間に見かけた少年がそう言い、小屋の扉に手を掛けた。三人は、ぞろぞろと小屋の中に入っていく。

（……いよいよや……。上手いこと、現場を押さえんと）

筧は山から離れ、足元に気をつけながら、ゆっくりと小屋に歩み寄った。身を隠せるような障害物が何もないので、見つかったら終わりである。だが、少年たちは、小屋の中にいるモルモットを摑まえるのに熱中しているらしく、半開きの扉から、筧に気づく者はなかった。

どうやら、巣箱からモルモットを摑みだしたらしい。キキッというモルモットの鳴き声が冷たい夜の風に響いた。

「ちょー、しっかり摑めや」

「こいつ、ウサギよりめっちゃはよ動くねん」

「くっそー、よう暴れよるなあ。ウサギよりおもろいやん」

そんな会話と共に、ガスッ、ガスッと、何か固いものがぶつかる音がする。今こそ頃合いだと決意して、筧は大股に小屋に近づいた。思い切り扉を開き、懐中電灯で小屋の中を照らして大声を上げる。

「何をしとるんやッ！」

日常生活においては、めったに大声を張り上げることのない温厚な筧である。その筧の渾身《こんしん》の怒声に、小屋の中の三人だけでなく、フェンスにへばりついていた伊月とミチルも、文字どおり飛び上がった。

「か……筧ッ！」

親友の大声に動転した伊月は、園内に入るなと釘《くぎ》を刺されたことをすっかり忘れ、フェンスを越えて、小屋に向かって全速力で駆け出した。途中で派手に転んでも、痛みを感じる余裕もなく、跳ね起きる。

「ああもう……伊月君ったら！」

仕方なくミチルも、その後を追った……。


小屋に飛び込んだ筧が見たものは、まさしくまるまると太ったモルモットを摑まえ、大きなカッターナイフを振りかざした少年の姿だった。他の二人も、突然起こされて逃げまどうモルモットを追いかける前屈みの姿勢のままで、硬直している。

「だ……誰なん……？」

カッターナイフをギュッと握りしめたまま、ひとりの少年は立ち上がった。啞然とした顔つきで、筧と、そのあとから小屋に顔を出した伊月、それにミチルの珍妙なトリオを凝視している。

筧は、厳しい声で言った。

「警察や。塾からずっと、君らのことつけとった。全部見せてもろたで。君ら、こうやって、動物殺しを繰り返してきたんやな」

少年たちは、顔を見合わせた。だが、その顔には、恐怖や反省の色はない。どちらかといえばしらけた表情で、彼らは筧を見た。ひとりが、カッターナイフの刃を出したり入れたりチキチキ鳴らしながら言った。

「何でわかったん。大塚先生が、ばらしたんや？　俺らのこと」

筧は、硬い面持ちでかぶりを振った。

「違う。先生は、君らのこと、これっぽっちも言わはらへんかった。君らのこと、守ろうとしてはった」

「ほな、何でバレたん？」

少年たちの表情にも口調にも、まったく悪びれた様子がない。まさしく傲岸不遜《ごうがんふそん》だった。

「大塚先生が勾留されてる間に……先生には何もできへんときに、それまでと同じような動物殺しが起こったからや。そんで、現場に『プログレッシブ・クラス』のピンバッジが落ちとった」

「……あ……！」

いちばん小屋の奥まったところにいる少年が、気まずげな顔をした。おそらく、彼が落としたものだったのだろう。筧は、静かに続けた。

「それに、先生がおらんようになってから起こった事件だけが、塾から近かった。車が出されへんから、歩いて行けるところを選ぶしかなかったと思たんや。違うか？」

筧は、感情を抑えて淡々と言った。

「なるほどなあ。意外とやるやん、警察も」

「……A幼稚園でウサギを殺したとき、警備員さんに見られたんも君らか？」

カッターナイフを持った少年は、あとの二人のほうに顎をしゃくって言った。

「僕は行ってへんけど、こいつらと、あともう二人行っとった。こいつらどんくさいから、見つかってめっちゃビビって逃げよってん。今日はそのリベンジやったのに、どんくささが俺にまで移ったわ」

「……なるほどね。小柄な人影が見えたはずだわ。それに、二十三センチの足跡。小学六年生の男の子なら、何の疑問もないわね」

さすがに小屋には入れないので、伊月と筧の間から中をのぞき見ながら、ミチルは呟いた。

「……ですね……。でも、マジでガキがやってたとはな」

伊月は、憂鬱な面持ちで呟く。

た。

「何でこんなことすんのや」

篁は、低い声で訊ねた。だが、それに対する少年たちの答えは、恐ろしく明快だった。

「面白いからやん」

「お……面白い……？　生き物殺すのんがか」

呆然と問う篁に、少年たちはあっさりと頷く。そして、相変わらずカッターナイフを鳴らしながら、篁の目の前にいる少年は、小馬鹿にしたように篁の顔を見上げて言った。

「せやけど、無駄なことすんなあ、警察も。暇なん？」

「無駄なことて……」

「だって、僕ら捕まえたって、どうしようもないやん。僕ら子供やから、動物殺したくらいでは、きっと大した罪にはなれへんもん」

「それは……」

少年は、勝ち誇ったように言い放った。

「意味ないことしてる暇あったら、もっと捕まえなアカン奴追っかけえや。最近、犯人の検挙率、下がってるんやろ？」

「てめえッ！　何てこと言いやがんだこのクソガキども！」

少年たちのあまりのふてぶてしさに、伊月はカッとして詰め寄ろうとした。だが、それを筧が片腕で素早く制止する。

「タカちゃん、アカン」

「だって、筧、こんな……！」

「ええから。とにかく、小屋から出よ。君らも」

不気味なほど穏やかな声でそう言い、筧は一同を小屋の外に出した。そして、さすがにどこか居心地悪そうにしている少年たちに、真っ直ぐ向き合って立った。

「確かに、君らをここで捕まえても、法的には全然意味ないかもしれへん。君らは、確かに大した罪を受けんと済むやろう。けど、これは、警察官としての、殺された動物たちへの僕の筋の通し方や。それにな」

手にした懐中電灯で、居並ぶ少年たち一人一人の顔を照らし、じっと見つめて、筧はどこか厳かな声で言った。

「人を裁いて罰を与えるんは、法律だけやない。アホみたいなこと言うとると思うかもしれへんけど、たぶんいつか、僕の言う意味がわかると思う」

「…………」

「法律で罰せられへんかったらチャラやと思うてたら、大間違いやで。たとえ小さな動物でも、命は重いもんや。奪った命の重さは、君らの頭の上にどっかと乗っかってるんやで」

筧の真心を込めた言葉にも、少年たちは、何も言わなかった。ただ、鬱陶しそうな顔をして、吹きすさぶ夜風に、寒そうに身を縮こめるばかりである。

筧は溜め息を一つつき、こう言った。

「受験生に風邪引かしたらえらいこっちゃ。とにかく、まずはT署に来てもらうで。タカちゃん、伏野先生。悪いですけど、一緒に」

伊月とミチルは、無言で頷く。筧に先導され、伊月とミチルに後ろを守られ……あるいは逃げ出さないように監視され、三人の少年たちは、すごすごと歩き出した……。

翌日。子供たちが自分たちが動物殺害を行ったと認めたことを知った副塾長の大塚は、すべてを告白した。

発端は、秋頃、彼が受け持つ「プログレッシブ・クラス」の十人の子供のうち、ほんの一、二名が始めた「憂さ晴らし」だった。

毎日続く勉強ばかりの日々、エリートクラスの高度な授業についていくための苦労、クラスメートたちとの競争、そして目先に迫った受験への不安。

何よりも、両親や塾講師たちの大きな期待。諸々《もろもろ》の重荷が、最難関の志望校を目指す子供たちの肩にのし掛かっていた。

そんなつらさを忘れるために、一握りの子供たちが、ある時、危険な「遊び」を始めたというのだ。

帰り道にある公園で、寝ている鳩《はと》に石を投げる、子猫を池に放り込む、野良猫の尻尾や耳をハサミで切る……。

そんな、大人が聞けば目や耳を覆いたくなるような残酷な行為を、子供たちは「気晴らし」あるいは「ゲーム」として楽しんだ。

弱く小さいものを虐げることによって、強く力ある者と認識し、ともすれば不安やプレッシャーに押し潰されそうな自分を支える……子供たちは、そんな危うい手段をいつしか身につけていたのである。

そのある種の自衛手段ともいえる「遊び」は、同じような重荷を背負っていたクラスメートたちに、あっという間に広まった。そしてそれに気づく大人は、誰もいなかった……。

十一月のある日、大塚は夜遅くまで自習につきあった後、子供たちからその秘密の遊びに誘われた。

彼らにとっては、生活のかなり大きな部分を一緒に過ごしている大塚は、限りなく自分たちに近いところにいる大人、いわば仲間のひとりと認識されていたのだろう。

いったい何の遊びをするのだろうと、純粋な好奇心にかられて、大塚は数人の生徒に請われるままに自家用車を出した。彼らが大塚に連れていってくれるよう希望したのは、T市郊外のとある公園だった。

そこで大塚は、信じられない光景を目にした。自動車から持ち出した懐中電灯を手に、子供たちは広い公園に入っていき、池のほとりにある小屋で眠っているアヒルを襲撃し始めたのである。しかも、まるでゲームセンターでモグラ叩きでもしているような、無邪気で楽しげな様子で。

小さな小屋の中で眠っていたアヒルを引きずり出し、手にした大きなカッターを振り下ろす。アヒルたちは、必死で逃げまどい、鋭い声を上げ、ばさばさと翼を羽ばたかせ、逃げようとする。それを数人がかりで押さえつけ、子供たちは楽しげに殺戮を行った。

周囲に立ちこめる生臭い臭いと、子供たちのクスクス笑い。肉に刃物が切り込む、ヌチャッという音……。

五感に訴えてくるすべてのことが、まるで禍々《まがまが》しい魔法のように、大塚の体と心を凍り付かせた。

自分たち大人は、子供たちに何をしてしまったのだろう。

子供の将来のためと嘯《うそぶ》き、親たちは自分たちの都合と理想を子供に押しつけ、塾に通わせる。

大塚たち塾講師は、自分たちの職場を発展存続させるために、子供たちに進歩と努力を強《し》いる。

無論、子供たちが希望の中学校に合格できるよう心から願ってはいる。子供たちにそれなりの愛着もあると思う。それでも、そこに本物の愛情がないことは、受験を終えて塾を巣だった生徒たちのことは欠片も気にならず、新しく入ってくる生徒たちのおつむの中身ばかりが気になる自分を顧みれば明白だ。

子供たちは、親の期待と塾講師の期待を一身に背負い、大人たちの希望や欲望を、自分たちの目標として頑張り続けてきたのである。

本来ならば、人生にいくつかあるスタート地点の一つに過ぎないはずの中学校進学を、彼らは子供時代のゴールに定めてしまったのだ。その先に何があるのか、自分は自分の将来をどう描いているのか……そんなことを考える余裕もなく、ただ、より高い水準の志望校に合格することだけを目的にして。

そして、そんな大人の都合が、子供たちの心を静かに……おそらくは本人たちも気づかぬうちに、深く病ませてしまった。

子供たちは、自分たちの脆く弱い心を守るために、ストレスを発散させるための手段を、どんどん刺激の強いものへとエスカレートさせていったのである。

「先生もやりや。スカッとすんで。アヒルやから、そんなに血ぃ出えへんし、大丈夫やて」

生徒の一人は、無邪気な笑顔を見せてそう言った。大塚は、信じられないものを見たような顔で、いつもはおとなしく自己主張があまりないその生徒の顔を見下ろした。

「……そ……んな……」

ただ呆然とする大塚に、少年は丸い頬を興奮に上気させ、カッターナイフを差し出す。その長く出した刃が、公園の街灯の青白い光に照らされ、赤黒く染まっているのを見た瞬間、彼の喉からは、驚きとも怒りとも悲しみともつかない悲鳴が迸《ほとばし》っていた……。

「それからです。『プログレッシブ・クラス』で、何日かおきに希望者を募って、自習が終わった真夜中近くに、小学校や幼稚園に忍び込み、そこで飼っているウサギや鶏を殺して回るようになったのは」

大塚は、痩せた頬に力ない笑みを浮かべ、そう言った。

「せやなかったら……僕が監督してなかったら、あの子たちはいつか、人間を襲撃するようになったでしょう。ホームレスを襲って警察沙汰にでもなったら、彼らだけでなく、うちの塾もただではすまへん。子供たちを、塾を守りたい一心で、僕の一存で、動物殺しの引率をやりました。僕らの仕業《しわざ》やとばれへんように、できるだけ塾から離れた場所を選びました」

取調室に並んで座った中村と筧の顔を見て、大塚は淡々と言った。

「あの夜……ウサギ殺しと火事の起こった夜、いつもみたいに、僕は車に子供たちを乗せて、いつもの『遊び』に出かけたんです。W小学校に。僕も一緒にフェンスを越えて、子供らのためにウサギ小屋の戸を開けて、子供らがウサギを殺してる間、戸口で見張りに立ってました。……そこで、年寄りに……お宅らの言う竹光さんに会うたんです」

最初、フェンスに両手でしがみつき、自分たちを凝視している老人に気づいたとき、大塚は心臓が止まりそうになったという。

『あー、あかん、あかんで……』

譫言《うわごと》のようにそう言って、竹光老人は、街灯の下でニヤニヤと笑いながら大塚たちを見ていた。大塚が、適切な言い訳を考えつけずにいるうちに、老人は、大塚の車のボンネットをなで回したりしたあと、フラフラと歩き出した。

「僕は焦りました。ホンマに焦りました。これは追いかけて家を突き止めて、金でも積んで口止めせんとと」

中村は、大塚に煙草を勧めながら、低い声で問いかけた。

「そんで、車で竹光さんのあとをつけたんかい。アパートまでずっと」

大塚は、中村が火をつけてくれた煙草を指に持ったままで頷いた。

「子供たちは、ウサギを殺すのに熱中しとって、幸い竹光さんには気づかんかったようです。それで僕は、竹光さんがあっちこっちで立ち止まりながらゆっくり歩いていくその方向を確かめて、慌てて子供たちを撤収させました。とりあえず子供たちをT

駅まで送って、それぞれ金を渡してタクシーに乗せました。車の調子がよくないからと言って。それからすぐにW小学校に引き返して、学校からさほど離れていない場所で、竹光さんを見つけました」

「……そうして、アパートまで車でつけていったんか。そこを近所の人に見られたんやな？」

大塚は、また頷く。

「さすがに、道ばたで交渉する勇気はありませんでしたし。アパートで落ち着いて相談させてもらおうと思うてました。で、うんと時間をかけて、ようやく竹光さんが部屋に戻って……僕も、後から入っていきました。カギは開いてました」

まさか、竹光氏に認知症があるとは思わなかった大塚は、どんな条件を提示しても、へらへらと笑ったり体を揺らしたりしてまともに話を聞いてくれない竹光氏に焦れて、ついに摑みかかったのだという。

痩せた体からは想像できないほど強い力で抵抗され、奇妙な声を上げられて、動転した大塚は、彼を黙らせようと、無我夢中で首を絞めた。そして……気がついたら、竹光氏はグッタリと手足を投げ出し、死んでいた。

「何としても、こんな大事な時期に、塾に迷惑かけるわけにいかへんて……何とかせされるんとあかんて思って……」

「火をつけた……？」

大塚の手から、一度も吸わない煙草が灰皿に落ちた。両の指が、ギュッと握り合わされる。

「燃やしてしもたら……それがいちばんええと思ったんです。部屋に入るとき、外に古新聞が積んであったん見てましたから、あれがいいと咄嗟に思って」

「そないな軽率なことをして、アパートの他の住人を殺してまうかもしれんとは思わんかったんか！」

中村の厳しい叱責に、大塚は俯いてかぶりを振った。

「そんなことを思うような、まともな頭やありませんでした。初めて人を殺したんです。僕は、物凄く怖くて、混乱してました」

「ふうむ……。ほな、あんたが勾留された翌日の夜の動物殺しは……」

「子供たちだけで、歩いて出かけたんでしょう。信じられないかもしれへんですけど、生き物を殺すっちゅうんは、麻薬みたいなもんですわ。最初は僕かて、何ちゅう惨いことをて、気が狂いそうでした。それやのに……子供たちが動物を殺すん見てるうちに、妙に興奮してる自分に、いつか気がついたんです」

「興奮やて……？」

大塚は、両の手のひらをじっと見下ろした。

「他の生き物の命が、ビクビク震えながら呆気なく消えていく瞬間に……どうしようもなく興奮するんですわ。征服欲ちゅうんでしょうか。それが、何より人間を満足させてくれるんかもしれません。奪った命の分だけ、自分が強くなった気までするんです。こう、気分が物凄く高揚するんです。……楽しい……そう表現してもええくらいに」

大塚の告白に、中村と筧は、複雑な視線を交わした。

もし都筑がここにいたならば、幼い頃に自分がカエルや昆虫にした酷い仕打ちを思い出し、大塚の心理を少しは理解できたかもしれない。だが、幸か不幸か、中村にも筧にも、そんな思い出はなかった。

大塚は、深く長い溜め息をつき、こう言った。

「僕からお話しできるんは、これだけです。……その、刑事さん。お願いがあります」

中村は、極めて素っ気なく言った。

「何や。言うだけはタダやから、言うてみい。聞くかどうかは別問題やけどな」

大塚は、きちんと椅子に座り直し、ピンと背筋を伸ばして中村と筧を順番に見た。

「生徒たちは、確かに恐ろしいことをしました。でも、子供たちをあんな異常な行動に走らせた原因の一部は、僕にあります。あの子たちが動物を殺すのを見ていた僕も、同じように興奮しました。僕も同罪です。……僕に、できるだけ重い罪を被せてください。子供たちの分まで、僕に。それが、僕にできるただ一つの、社会と子供たちへの罪滅ぼしです……」

そう言って、大塚は深々と頭を下げた。中村と筧は、何も言えず、ただ唇を引き結び、そこに座り続けていた……。

間奏　締めの飯食う人々

その翌週の金曜日。

伊月が兵庫県監察医務室に行くと、事務員の田中は、いつもの笑顔で迎えてくれた。だがいつもと違って、彼女の老眼鏡の奥の目には、可笑しくてたまらないといった表情が浮かんでいる。

「おはようございます……。どうかしたんですか？」

「いいえ、別に。今日もお元気そうでよかったですわ、先生」

いやにはっきりそう言ってから、田中は唇に人差し指を当て、もう一方の手で伊月を手招きした。

「？」

訝しげに眉を顰めつつも、伊月は足音を忍ばせ、田中の机に歩み寄った。田中は、椅子に座ったまま伊月をもう一度手招きする。伊月は上体を折るように屈めた。田中はまるで、少女がひそひそ話をするような調子で、伊月に囁いた。

「龍村先生、もうお見えなんですけど……。可哀想やから、笑わんといてあげてください ね」

「は？」

わけのわからない言葉に、伊月は首を捻る。

「行けばわかりますて。ね、からかったらあきませんよ」

そう念を押され、伊月はまったく事態が把握できないまま、奥の控え室に入った。

「おはようございます。……お」

ソファーには、いつものようにもうオペ着に着替えた龍村がどっかりと座っている。そしてその前のローテーブルには、くだんの鳥籠があった。中には勿論、レモン色のセキセイインコの姿が見える。

「ああ、おはよう」

龍村は、腕組みしたまま首を巡らせ、伊月に挨拶を返した。その、いつもは胆力の据わった四角い顔が、今日はやけに不安げに見える。伊月は龍村の向かいのソファーにバッグを置き、ロッカーからケーシーを取り出しながら、おずおずと声を掛けた。

「ポッポちゃん、元気っすか」

「……ああ」

龍村は、腕組みして鳥籠の中を見ながら、低い声で答えた。

「最近は毎日、こんなふうに一緒に出勤してるんですか？」

「……いや」

今度は否定。肯定にしても否定にしても、今朝の龍村には、まったく元気がない。

意気消沈を絵に描いたようなその様子に、伊月は田中に言われたように「笑う」よりも、薄気味悪くなってしまった。それで、それきり何も言わず、龍村に背を向けて服を着替え始める。

「昨日の夕方、こいつの飼い主が見つかってな。今日の昼休みに迎えに来るんだ。それで、今朝は連れてきた」

短い沈黙を破って背中に聞こえたそんな言葉に、伊月はケーシーを慌てて着込み、ファスナーを上げながら振り返った。

「え！　飼い主、見つかったんですか!?　よかったじゃないすか。どこの人だったんです？」

「N区だそうだ。わりに近かったな」

「ホントですね。確かなんですか？」

飼い主が見つかって嬉しいはずなのに、龍村は何故か渋い顔で頷く。

「ああ。いなくなった時期も、羽根の色も、名前もぴったり合致していた。まあ、実際見てみないと確信はできないだろうが、ほぼ間違いないだろうな」

「へえ。よかったな、お前。飼い主見つかったのか」

伊月はにこにこ顔でソファーに座り、鳥籠の金網をちょんちょんと突いた。

人なつっこいセキセイインコは、止まり木を横飛びで近づいてきて、鉤のようなくちばしで、伊月の指先を甘噛《あまが》みする。羽根を固定するバンドは相変わらずだが、最初に見たときより、うんと元気そうに見えた。籠も清潔そのもので、龍村がこまめに世話をしていたことがわかる。

「それが、よくないんですて。ねえ、龍村先生」

伊月に「龍村をからかうな」と注意したくせに、自分がどう考えてもからかい口調でそう言って、田中は伊月の前にコーヒーを置いた。そして、龍村にジロリと睨まれ、「おお怖《こわ》」と笑いながら、事務室へ引き上げてしまった。

「…………」

龍村は、大きな口を富士山型にして、難しい顔で黙りこくっている。伊月はコーヒーを一口啜り、こわごわ問いかけた。

「よくないんですか？　飼い主に何か問題でも？」

龍村は軽く伊月を睨んだが、それでも生真面目な口調で答えた。

「いや。電話の向こうで、涙声で礼を言っていたよ。不注意で逃がしてしまって、本当に悔やんでいたと。捜し回っても見つからず、家族で途方に暮れていたそうだ」

「じゃあ、よかったんじゃないですか」

「……誰も、よくないとは言っていない。田中さんが勝手なことを言っているだけだ」

何だか駄々っ子のような苛ついた口調で、龍村は吐き捨てる。その表情と、よく世話された小鳥をしばらく見くらべていた伊月の顔に、徐々に笑みが広がっていく。

「あー、なるほど」

「何だ」

ムスッとした顔の龍村に臆することなく、伊月はニコニコして言った。

「つまり、情が移ったんですね」

「む……」

龍村は、ぐっと言葉に詰まる。だが、否定の言葉が出てこないのが、何よりの返事だった。いつもは厳しい仁王の眼の周囲が、うっすらと赤らんでいる。

「いいじゃないですか。しばらく面倒見て、もう飼う気になってたんでしょう？」

「……ああ。一人暮らしだろう。他の生き物が部屋にいるってのが、どうにも新鮮でな」

龍村は、止まり木の上をちょんちょんと軽やかに移動する小鳥を見やり、ぼそぼそと元気のない声で言った。

「よく喋るんだ、こいつは。最初はうるさくて煩わしいと思っていたが、それがそのうち慣れてきて当たり前になって、たまにこいつと会話してる自分に気がついたりしてな」

「わかりますよ、それ。俺も、ツレが飼ってる猫の面倒見てんですけど、気がついたら、猫と普通に会話してますもん」

伊月が馬鹿にしなかったので、少し安堵したらしい。龍村は、視線をようやく伊月に向けた。どうにも照れくさそうな苦笑いが、その厳つい顔に浮かんでいる。

「そういうのは、僕だけじゃないのか。いかにも寂しい男みたいで、嫌になってたんだが。とにかく、こいつの存在が当たり前になって、こんなふうにこれからは暮らしていくんだと思った途端、飼い主が見つかったときたもんだ」

龍村は、籠の金網に軽く指先を触れる。もうすっかり彼に慣れたらしい小鳥は、スキップをするように彼の指に近づいた。

「何というか、どうせなら、こいつの存在が鬱陶しかった頃に、飼い主が見つかってほしかったよ。そうしたら、人の役に立てた、こいつのためにもよかったと、胸を張って晴れやかな気分で引き渡せたのにな」

「返したくないとか思っちゃいますか？」

「正直言って、少なからず落胆したよ。我ながら、さもしい話だ。こいつにとっては、飼い主の許に戻るほうが幸せに決まっているのに、どうにも手放し難い」

『ヤスヒコ！　オハヨウ！』

インコは龍村の指先を片足で器用に握り、甲高い声を上げた。

（……ヤスヒコ？　あ！　もしかしてそれって、龍村先生の名前じゃなかったっけ）

伊月はハッとして龍村を見た。半ば反射的に、龍村は目を逸らす。だが、その顔が確実にさっきより赤みを増していることは、頬からがっちり張った顎を見れば明らかだった。

「名前、教えたんですね」

伊月は、何だか切ないような気分になってそう呟いた。

「僕が呼ぶだけじゃつまらん。家族になるなら呼ばせようと思ったんだ。だが、困ったな。飼い主が見つかっても、簡単に忘れてくれそうにない。余計に気まずくなりそうだ」

龍村は、明後日の方向を向いたままそう言った。だが、伊月の「忘れなくていいじゃないですか」という言葉に、意外そうな顔つきで視線を戻す。

「きっとこいつ、ずっと覚えてますよ。何も考えてないように見えるけど、このちっこい頭ん中に、ずっと龍村先生のこと、残ってますよ。人間にとってはたかが二週間だけど、こいつら寿命短いから、一日一日が、俺たちの何十倍も意味があるんだし」

「伊月……」

「先々週は怖がってたのに、今、すげえ慣れてるじゃないですか。こいつも、龍村先生のこと好きなんですよ。だから、この二週間は、こいつにとってきっと幸せな記憶ですよ。んなこと、俺が言っても説得力ないかもだけど、そんな気がします」

真剣そのものの顔でそう言った伊月に、龍村はしばらく呆気に取られていた。だが、やがて龍村は、奇妙に歪んだ顔で笑った。

「……そうか。そうだな。そうあってほしいな」

「きっとね。人間が思うより、動物ってずっと賢いですから。先生が命の恩人だって、ちゃんとわかってますよ。な、ポッポ」

『ヤスヒコ！』

頷く代わりと言わんばかりに、セキセイインコは龍村の名前を呼ぶ。

「………」

一瞬、伊月は龍村のぎょろりとした双眸《そうぼう》が潤んでいるように思った。だが次の瞬間、龍村はいつものキレの良さですっくと立ち上がった。

「ならば僕は、こいつが記憶するに値する自分でいなくてはな。つまらんことを言った。そろそろ準備が出来た頃だ。解剖室に行くぞ」

そう言うなり、大きく一つ広い肩を上下させ、龍村は準備室から出て行く。

「うわ、ちょ、待ってくださいよ！　俺まだ、書類も見てない……！」

どうやら龍村を励ませたことに安堵しつつ、一方でこれから始まるいつもの修羅場に戦慄しつつ、伊月は慌てて龍村の後を追いかけたのだった。


「へえ。龍村君が、そんなことを」

伊月からセキセイインコの話を聞いたミチルは、楽しげにそう言った。

その夜、伊月と筧、それにミチルは、筧家にいた。後味は極めて悪いものの、とにかく事件が解決したお祝いと、伊月の引っ越し祝いを兼ねて、筧家で鍋をつくることになったのである。

伊月は龍村も誘ったのだが、「からかいのネタにされるのは御免だ」と龍村はあっさり断り、帰ってしまった。それで、結局三人と一匹で、炬燵の真ん中に鍋を置き、ささやかな祝宴の最中というわけだった。


連続動物殺害事件が小学生の仕業だったというニュースは、全国ネットで報道され、かなり大きな反響を呼んだ。

雨後の筍《たけのこ》のように、「児童心理の専門家」だの「犯罪心理のスペシャリスト」だのが現れ、ニュース番組で得意げに持論を展開した。ワイドショーでは、芸能人の恋愛を語るのと同じレベルで、コメンテーターが勝手な意見を声高に語った。

少年犯罪に対する処罰についての議論も再燃し、動物愛護法の処罰についても、軽すぎるという意見が様々なメディアを飛び交った。

だが、良くも悪くも、七十五日で噂が消えるような国である。話題が沸騰したのはほんの数日で、早くも事件のことは、新たなショッキングなニュースの陰に埋もれようとしていた。

どちらにしても、本人たちが言っていたとおり、子供たちは法的に重い罰を課せられることはなく、志望校から受験を断られることもないだろう。

ただ、彼らにとって唯一の誤算は、インターネット文化の発達だった。一部のいわゆる「巨大掲示板」と呼ばれるホームページに、何者かが彼らの素性を投稿したのだ。それによって、彼らやその家族は、夥《おびただ》しい嫌がらせや中傷の電話や投書を受けた。それはあるいは、法的な罰よりも、彼らにとってはつらく厳しいものであったかもしれない。ある意味、「罰を与えるのは、法律だけやない」という篁の言葉が、託宣のように的中したわけである。

ビクトリー塾も、激しい中傷に曝され、あるいは塾を閉鎖するかもしれないという噂を、伊月たちは聞いた。副塾長の大塚吉輝は、殺人罪と現住建造物放火罪、それに勿論、愛護動物を殺した罪に問われ、現在も勾留されている。

いずれにしても、何一つとしてスッキリしたといえるような要素のない事件を振り返るのは気が重く、乾杯したあとは、三人とも事件については何も語ろうとはしなかった。

「それで、セキセイインコは無事に飼い主さんの許に戻ったの？」

ミチルは、ぶつ切りにしたアンコウの身を三枚、鍋に入れながら訊ねた。鍋の中には、先に入れておいたアンコウのアラが煮えており、沸々と沸き立つ出し汁からはいい匂いがしていた。

伊月は、甘ったるい梅酒ソーダ割りを嬉しそうに飲みながら頷く。

「ええ。ちょうど二件目の解剖が終わって昼休みにした頃に引き取りに来て。そこんちのお母さんが来たんですけど、嬉し泣きしてましたよ。飼い主があんまり喜ぶから、俺も事務員の田中さんも、もらい泣きするくらい」

「……龍村君は泣かなかったんだ？」

「自称オトナですからね。骨折した羽根のことも説明して、獣医からの注意も伝えて、診察券も渡して。これからは逃がさないように気をつけてやってくださいって注意もして、返してやってました」

「強がりねえ」

ミチルはクスリと笑う。筧は、三人分の小鉢にポン酢を注ぎ分けながら気の毒そうに言った。

「せやけど、寂しいでしょうねえ」

「そりゃそうよ。きっと今頃、どっかでやけ酒中だわ。……あ、そろそろ魚が煮えたみたいよ。アラのほうからどうぞ」

「お。いただきまーす」

「いただきます！」

食べ盛り……はとうに過ぎたはずなのだが、依然食欲旺盛な篁と伊月は、さっそく箸を伸ばす。熱々の白い身を箸で骨から外そうと悪戦苦闘しつつ、伊月は言った。

「でも俺、龍村先生があんなにペットに入れ込むとは思わなかったなあ。ま、冷たいとは思ってなかったけど、あんなごつい感じのオッサンだし」

ミチルは、鍋に大まかに切った野菜を投入しながら笑った。

「あら、だって龍村君、母校のH医大在学中に、凄《すご》いことやって伝説の人になったのよ。織田教授に聞いたことがあるわ」

「凄いこと？」

伊月も篁も、興味津々の顔つきでミチルを見る。篁自身は龍村に会ったことはないが、伊月からさんざん話を聞いているので、何となく知らない人のような気がしないのだろう。

ミチルは、本人に確認したから確かな話だと思うけど……と前置きしてこう言った。

「医大ってほら、いろんな実習で、カエルとかマウスとかラットとかウサギとかを使うじゃない？」

「ええ。可哀想だと思いながらやりましたよ、俺」

「何？　使うてって、か、解剖とか……？」

筧がおそるおそる問いかける。ミチルは肩を竦め、素っ気なく答えた。

「解剖だけじゃなくて、ウサギを固定して耳から採血したり……マウスに薬物を投与したり、ラットの心臓を……」

「わー！　もうええです！　すいませんッ。ししゃも、お前は聞かんでええから！」

筧は慌ててミチルの言葉を遮りつつ、膝にいたししゃもの耳を塞ぐ。ごめん、とミチルは寂しそうに苦笑いした。

「凄く嫌だった。でも、実習をサボると、どうしても必須単位がもらえないの。みんなやってきたんだから、って自分に言い聞かせて、嫌々ながらもやったわ」

「俺も。……集団心理だよな。先輩もみんなやってきた、同級生もみんなやる。そう言われちゃ、自分だけやらないわけにはいかなくてさ。言い訳だけど」

伊月も、どこか気まずげな表情で同意し、ししゃもの頭を撫でた。

「あ……ごめんな。伏野先生も、すいません。僕、責めたわけやのうて……」

「わかってるわよ。普通の人には、酷い話よね。だけど、龍村君は凄かったの。動物を傷つけたり、命を奪ったりする実習のすべてを拒否したのよ」

「げ！」

伊月は目を丸くした。

「で、でも、そんなことしたら間違いなく生理学とか薬理学とか、実習の単位もらえなくて落第するじゃないですか」

ミチルは楽しげに頷いた。

「うん。勿論、学生部長に呼び出されて、このままじゃ単位はやれない、落第させるって脅《おど》されたそうよ。でも龍村君、大学生の頃からあのコワモテであのオペラ歌手みたいな声だったんでしょうね。凄い勢いで主張したんだって。医師になって、研究過程で行う動物実験は別にして、現在学生の自分が要求されている動物実験は、ただの殺戮だって」

「……うわ……！　俺が言いたかったけど黙ってたことを、そんなハキハキと」

筧は、ししゃもを膝に抱き、せっせと鍋の面倒を見ながらミチルに訊ねた。

「あの、僕はようわからんのですけど、殺戮て……」

ミチルは、しんなりと柔らかくなった白菜の葉の部分をポン酢につけて口に運び、そのあとごっそりと鍋底からくずきりをすくい取りながら言った。

「未知の世界を切り開くために動物を殺《あや》めるのは、議論の余地はあれど、ある程度容認されるべきかもしれない。でも、実習書を読んだ限りでは、学生実習における動物の使用は、慣例行事として行われているだけで、少なくとも自分には不要だって言い切ったのよ。話は教授会まで持ち込まれて、大騒動になったんですって」

「へえ……。よっぽど動物好きなんですね、その先生」

筧の言葉に、ミチルは曖昧に首を傾げた。

「勿論、動物も好きなんだろうけど……。龍村君はきっと昔から、筋の通った人なのよ。少なくとも私が法医学会に入って知り合ったときからこのかた、ずっとそう。自分が納得しないことは、頑としてやらないの」

「わかるわかる。顔からして、すげえ頑固そうだもん」

アンコウの身を白菜の間から器用に発見しては拾い上げ、小鉢を魚で山盛りにして、伊月は笑った。

「それで方向性が間違ってたら、ただの偏屈か意固地な人になっちゃうんでしょうけど、龍村君の偉いところは、それでいて人の意見はちゃんと聞いてるところよね。動物実験拒否で渦中の人になったときも、教授会に出て、教授たちの『学年総合成績が一番なら進級させてやる』っていう申し出を受けたんですって」

「げッ。で、今、ああして医者になってるってことは……」

「まさしく一番で堂々と進級したんですってよ。頑固なくせに、正面からぶつかるだけじゃなくて、他人との折り合いはきっちりつけていくのよね、あの人。そういうとこ、ホントに尊敬する」

「へえ。偉い人なんですね。タカちゃんもそう言うてたけど」

筧は、感心しきりで何度も頷く。そんなミチルと筧をよそに、伊月はアンコウが山盛りになった小鉢に手をつけることも忘れ、呆然としていた。

筧がそれに気づき、伊月の顔の前で手を振る。

「タカちゃん？　どないしたん？」

伊月は、ボンヤリした口調で言った。

「何だ、すげえ近くにいたんだ、弓矢を合わせて持ってる人」

「は？　弓矢？　何言うてるねんな」

「何よ、もう酔っぱらっちゃったの？」

意味のわからない台詞に、筧もミチルも、呆れるを通り越して少し心配そうな顔をする。

だが伊月は、やけに晴れ晴れした顔でこう言った。

「『禅定の弓』と『慧の矢』っすよ」

「……だから、何、それ。知ってる？　筧君」

「いや、僕はアホやから、そない難しげな言葉、全然わかりませんわ」

きょとんとしているミチルと筧に、伊月は得意げに説明する。

「都筑先生が教えてくれた言葉っすよ。平たく言えば、『禅定の弓』が綺麗な心、『慧の矢』ってのは知恵のことなんだって」

「へえ……。あ、そういえば、『定の弓』って言葉は聞いたことがある。きっと同じ意味ね」

「たぶん。煩悩を打ち破ることが出来るのは、『禅定の弓』と『慧の矢』を両方持っている人間だけだって都筑先生は言ってました。俺はそんな奴、そうそういないって思ってた。でも……」

伊月は、ミチルを見てしみじみと言った。

「龍村先生って、けっこうそういう人なんじゃないかって、今思いましたよ。そっか。身近なところに、いるもんなんだなあ……」

「……そうね。いい師匠に出会えてよかったわね、伊月君」

そう言ってにっこりしたミチルは、「あ」と小さな声を上げ、急に悪戯っぽい顔つきになってこう言った。

「そういえば、その龍村君から、さっきスマホにメッセージが来てたんだったわ。伊月君に言い忘れたことがあったから、伝えてくれって」

「へ？　俺に言い忘れたこと？　何です？」

ミチルは、ろくでもないことを言うときに必ず浮かべる怪しい微笑をたたえた。

「それを言う前に、筧君は耳を塞いで」

「……は？　僕が聞いたらアカンことですか。わかりました」

根が真面目な筧は、正直に両手でぴったりと耳を塞ぐ。ミチルはご丁寧に、腕を伸ばしてししゃもを抱き取ると、その大きな耳をも自分の両手で塞いだ。伊月は、ごくりと生唾を飲む。

「な……何すか。筧はともかく、ししゃもにも聞かせたくないような話っすか？」

「あんたたちの愛娘の情操教育に差し障らないように、私も気を遣ってみただけ。あのね」

ミチルは、空恐ろしく朗《ほが》らかな声でこう言った。

「伊月君とディープキスした人食い犬は、ちゃんと事情を知ったうえで引き取ってくれる里親に巡り会えたそうだ。安心しろ。だって。よかったわね」

「……ぐえ」

思わぬ言葉に、無防備に記憶を蘇らせてしまった伊月の喉から、奇妙な声が漏れる。

耳を塞いで、あるいは塞がれているので事情がわからない筧としゃもは、不思議そうにそんな伊月を見やった。

「わざわざ、そんなこと思い出させてくれなくていいっての……。くそ、『慧の矢』はともかく、『禅定の弓』持ってるっての、断じて前言撤回！　全然キヨラカな心じゃねえ！　底意地悪いじゃねえかよ」

そんな悪態をつき、伊月は両手を広げて、畳の上にバタンと仰向けに倒れる。それを見てクスクス笑いながら、ミチルは言った。

「都筑先生的に言えば、『清濁《せいだく》を　抱くこそ人の　まことかな』ってとこじゃない？　小さな意地悪の一つもしないような人、私なら胡散臭くて信用できないわ」

「……そうかもしれないっすね。俺ならそれに、こんな下の句つけるかな。『神しか引けぬ　定の強弓《こわゆみ》』」

「それじゃ、川柳じゃなくて短歌……っていうか、狂歌だわよ」

「いいじゃないですか。都筑教授とは違って、フリースタイルで。そのほうが、俺たちらしいや」

寝転がって天井を見上げたままで、伊月はそんなことを言う。

「……そうね。『禅定の弓』はともかく、あくまでも我々らしい『慧の矢』でもせいぜい追求しましょうか」

「そうそう。適度に煩悩まみれで、適度にバカで。百パーセント清らかなんてつまんねえのは、神様にお任せっすよ」

伊月はそう言うと、腕を伸ばして自分のグラスを取り、ミチルに向かって差し上げる。ミチルはクスリと笑って、ウーロン茶のグラスを、伊月のグラスにかちりと合わせた……。

飯食う人々　おかわり！
——Bonus Track——


先輩刑事に言わせれば、「最近は若いもんの扱いが、えらい良《よ》うなった。甘すぎるくらいや」なのだそうだ。

そういえば、警察学校で大先輩の教官たちに脅かされたように、「最初の何年かは犬以下の扱いやぞ」という言葉ほど酷い目には遭っていないな、と、人気のない暗い夜道を歩きながら、筧兼継はふと思った。

中古で買って以来、ずっと大切にしてきた愛車は、先日、ついに手放した。

今夜のように、帰りが真夜中を過ぎてしまうときには、しみじみと愛車が恋しいが、何しろ故障が多すぎて、新米刑事の給料では維持が難しかったのだ。

（けどまあ、職場が徒歩圏内やのに、自動車持ちはちょいと贅沢かもしれんなあ）

しばらくは自動車なしの生活を送ってみて、あまりにも不自由ならばまた考えよう。そんなことを考えつつ、彼は白々と輝く街灯を見上げた。

犬以下でないとはいえ、お姫様のように大事にされているわけではない。新米刑事など、体のいい雑用係だ。

部署の先輩たち全員から、コンビニの買い出しから現場検証の立ち合いまで、ありとあらゆる用事を言いつかる。断る権利は、筧にはまずない。

すべてに「はい」と返事をして、しゃかりきに頑張る。彼がすべきことはそれだけだ。

上首尾にやれて当たり前、失敗したり手が回らなかったりしたら、かなり荒い言葉で罵られる。

まあ、よく言う「体育会系」の極みのような職場だ。

（そういうんがアカン人には耐えられへん環境かもしれんけど、僕は、頭があんましようないから、まずは言われたまんまに身体を動かして、首から下であれこれ覚えていくんが、性に合《お》うてるみたいや）

タカちゃんやったら三日で「無理！」って叫ぶやろな。いや、二日やろか……と呟き、筧はふふっと笑う。

タカちゃんというのは、幼なじみの伊月崇のことである。

筧が刑事になったからこそ、解剖室で、法医学者の卵になった伊月と偶然に再会することができた。

伊月の転居以来、十四年も疎遠だったのに、二人はあっという間にブランクを飛び越えた。いや、ブランクなど、ほとんど感じなかったと言ってもいい。

伊月は子供の頃より百倍かっこよくなっていたが、中身は少しも変わっていなかった。伊月にとっても、筧は昔のままであるらしい。

そして、今、伊月は……。

自宅アパートに到着した筧はくたびれたジャケットのポケットを探り、キーホルダーつきの鍵を引っ張り出した。鍵を開けると、古びた玄関扉をまずは細く開け、玄関に猫の姿がないことを確認する。

ししゃもが来て以来、玄関には脱走防止用の柵を立ててあるのだが、彼女の健やかな成長にともない、跳躍力も日増しに上がり、もはや柵では脱走を完全阻止することは難しくなってきた。

幸い、ししゃもが外に出たがる素振りは今のところないのだが、用心するに越したことはない。

なーん。

灯りが点《つ》いたままのごく短い廊下に、毛足の長い、白と茶色が微妙に入り交じった毛皮の猫が姿を現した。

もう、子猫とは呼びがたいが、かといって成猫でもない。その中間の、実に微妙なサイズである。

フサフサの長い尻尾《しっぽ》をピンと立て、しゃなりしゃなりと左右に振りながら近づいてきた猫の頭を大きな手のひらで撫《な》で、筧は小声で問いかけた。

「タカちゃん、まだおるんか？」

なん！

今度は短く素っ気なく鳴いて、ししゃもはクルリと踵を返し、やはり尻尾をゆったりと振りながら茶の間のほうへ行ってしまう。

最初の頃は、ししゃもの鳴き声の意味がさっぱりわからずオタオタした筧だが、最近では、わかる「言葉」も増えてきた。

さっきの短い「なん」がその一つだ。

ししゃもにとって、何か気に入らないことがあるとき、彼女はいつも短くきっぱりと鳴いて、不満を表明する。

今夜のそれは……。

「不機嫌の原因は、タカちゃんか」

筧は苦笑いしながら、ししゃもを撫でるために丸めていた背筋を伸ばし、革靴を脱いで家に上がった。すぐ左手にある洋室の扉を開け、灯りを点けて誰もいないことを確認した筧は、大股で部屋に入った。

ここは、筧が寝室に使っているのだが、伊月がししゃもの世話をしにきて、下宿している叔父の家に戻るのが面倒なときは、ベッドを遠慮なく使っていく。

だが、今夜の伊月は、あっさり帰宅してしまったらしい。

「大好きなタカちゃんが帰ってしもて、ししゃも、不機嫌やったんやな」

ヒンヤリした部屋の空気に身震いしつつ、筧はスーツを脱ぎ、とりあえずベッドの上に広げた。その上にネクタイを置き、まとめて臭い消しのスプレーを吹き付ける。

そろそろクリーニングに出したいところだが、まだ替えのスーツを買っていないので、もうしばらくこのヨレヨレと付き合うしかない。

楽なスエットの上下に着替え、丸めたワイシャツを抱えて寝室から出た筧の足元に、ししゃもが飛んでくる。

歩く筧の両足に、まるで障害物競走をするかのように絡みついて一緒に歩くのが、最近の彼女の楽しみなのだ。

たまに本気で足を取られて筧や伊月が転ぶと、知らんぷりでスタスタ歩き去るのが、小憎らしく、同時にとても可愛らしい。

「危ないて、ししゃも。僕が転んで、お前を下敷きにしたらどないすんねんな」

あまり切実さのない小言を口にしながら、篁はダイニングキッチンのテーブルの上に置かれた皿を見下ろした。

「おっ」

その面長の、無精ひげがうっすら生えた顔が、穏やかにほころぶ。

テーブルの上には、おそらく買ってきた惣菜であろうポテトサラダの小鉢を添えて、こちらは伊月の手料理とおぼしき焼きそばが置いてあった。

ラップの上から触れてみると、ごくわずかに温かみを感じる。

「タカちゃん、自分の晩飯のついでに、僕の分まで作っていってくれてんな」

今日は遅くなるが帰れそうだと連絡したのは夕方なので、おそらく大学を出てから、買い物をしてここに来たのだろう。

「タカちゃん、だんだん料理が上手《うま》うなっててるん違うやろか。包丁を使わんでええ料理、上手いこと探しよるなあ。キャベツもしめじも手でちぎれるし、豚コマは最初からバラバラやし」

変なところに感心しつつ、篁は焼きそばの皿を電子レンジに入れた。

料理が温まるのを待つ間に、篦は襖を開け放って続き間になっている畳敷きの茶の間へ足を踏み入れた。

「お」

こたつの上に並べられているのは、洗濯物だ。

篦が仕事に忙殺されて帰れない間、おそらく二日がかりで、伊月が洗濯機を回し、干し、畳んでいってくれたらしい。

「タカちゃん、ほっといてええよって言《い》うたのに」

せっかく休みがとれても家事に忙殺される篦を哀れんでか、伊月はけっこう掃除やゴミ出しを引き受けてくれる。洗濯も、まったく得意ではないと言いつつ、最近はときおりやってくれるようになった。

たとえ同性の幼なじみでも、パンツまで洗って畳まれてしまうと気恥ずかしい篦だが、問題は他にもある。

「今日はまたこないだと違った畳み方やな。っちゅうか、畳み方、途中でコロコロ変わっとるな」

篦は、一見、整然と積み分けられたように見える洗濯物を見下ろし、嘆息した。

現在、洗濯は叔母任せの伊月は、洗濯機を回すことや洗い上がった洗濯物を干すことはできるが、畳むことだけが苦手らしい。

収納のことを考えず、思いつくまま適当に畳むので、畳み方もサイズもまちまちで、このままではしまい込むことができず、結局、筧がすべて畳み直すことになる。

「ほんま、こういうとこは、困ったタカちゃんやなあ」

にゃー。

洗濯物を見上げたししゃもも、筧に相づちを打つかのように、小首を傾げて一声鳴く。

チーン！

「あはは、電子レンジまで『ほんまやな』って言うとるわ。まあ、洗濯物のことはあとにして、まずは焼きそばをありがたくいただこか。……あっつ！」

電子レンジから焼きそばを取り出そうとした筧は、摑んだ皿の熱さに思わず声を上げた。

「……っちゅうわけなんですよ」

筧が口を閉ざすと、間髪を入れず伏野ミチルは渋い顔で言った。

「それで？」

「それで、と仰いますと？」

「それで、私はいったい何を聞かされたのかしら。のろけか！」

「いやいやいやいや。そんなんやないですて」

筧は軽くのけぞり、本気で慌てた顔で両手と首を同時に振る。

しかしミチルは、筧が持参したピーナツ入りの甘い煎餅をバキッと勢いよく真っ二つに割り、不満げに唇を尖らせた。

「何が違うんだか。タカちゃんの作ってくれた焼きそばは、具はシンプルだけど味付けが凝ってて、ソース味じゃなく、不思議に甘じょっぱくて絶品でした。キャベツが一部焦げ気味なんがよけいに旨かったです。あとタカちゃんがワイシャツからパンツまで洗って干して畳んでくれました！　のろけか！」

ボリボリと煎餅を齧《かじ》りながら文句を言うミチルに、筧は狼狽しつつも言い返す。

「や、その、掻い摘まむとそうなってまうのは確かなんですけど、僕がご相談したかったんは……」

「相談だったの？　どのへんが？」

「相談でしたよ！　言うたでしょう、タカちゃんがもうじき叔父さんの家を出て、僕のアパートに引っ越してくるて」

「え、それが相談だったの？　もしかして、実は気が進まないから、私からやめるように言ってほしいって話？」

「いや、そうやのうて。タカちゃんが越してきてくれるんはありがたいんです。これまで、ししゃもの世話をしに立ち寄ってもらうん申し訳なかったですし、住んでもろたらホッとします。家ん中も賑やかになりますし」

筧は、セミナー室の扉のほうを伺い、声をひそめる。それを見て、ミチルはようやく小さく笑った。

「大丈夫、伊月君、まだしばらく帰ってこないわよ。教授殿の講義のお供だもん。あと、ネコちゃんもさっき買い物に出たばかりだし、技師コンビは実験室だし」

「それやったらええんですけど」

筧はそれでも心配そうに小声で話す。

新米刑事だけに、まだまだ使いっ走りの仕事が多い筧は、今日も都筑が鑑定書を書くのに必要な資料と写真を届けにやってきた。

そこで、都筑の帰りを待ちながら、留守番をしていたミチルに相談を持ちかけたというわけなのだ。

「焼きそばの味付けは、あとで訊いたら、ソースが切れとったから、こないだ使い残したすき焼き用の割り下を使うたそうで、なるほどなあ、頭ええなあて……あ、違うわ。これは相談と関係ないんやった」

短く刈り込んだ頭をポスンと叩いて照れ笑いしたのも束の間、筧は真顔に戻ってこう続けた。

「僕が困っとるんは、洗濯物の畳み方が無茶苦茶なことなんです。今はまあ、タカちゃんが帰った後で僕が畳み直したらええだけですけど、同居したらそうもいかんようになるでしょうし」

「まあ、そうでしょうね。だいたい、いちいち畳み直してたら二度手間じゃない」

「そうなんですわ。どないしたら、タカちゃんのやる気を削がんと、心を折らんと、僕がいつもやってる畳み方に統一してもらえるかなあて。いっつもタカちゃんを指導してはる伏野先生やったら、上手い言い方をご存じ違うかと思ったんです。ご相談したいんは、それです」

ミチルは「筧君も食べなさいよ。お持たせで悪いけど」と煎餅と熱いお茶を勧めてから、実にあっさりした表情と口調で答えた。

「心なんて、パキパキ折っちゃえばいいんじゃないの？　まあ程度はあるでしょうけど」

「えっ？」

「私、わりと積極的に折っていく派だから、相談相手としては不適当かも」

「えええ」

筧は煎餅を袋から出したところで、見事に動きを止めた。

「そやけど先生、解剖室では、解剖室ではそんな風にはしてはらへん……」

「ああ、解剖室では、話は別。いくら今は素人に十本くらい毛が生えた状態だとしても、伊月君はけっこう早く鑑定医になって、それなりに独り立ちするはずだもの。そのときに、彼が警察に舐められるような要素を作りたくはないわ」

「なるほど！　そら大事です」

自分も警察サイドの人間だということをすっかり忘れ、筧はポンと手を打つ。

「だけど、あとで自分たちだけになったときには、きっちりシメてるわよ。まあでも、グチグチ引きずらない。一度言ったらチャラ。二度までは言う。でも、三度目は見捨てる予告をするし、四度目は本当に見捨てるかな」

「うわ。ああいや、けど、三度まで繰り返して注意するて、だいぶ優しいですよね」

でしょ、と悪戯っぽく笑った後で、ミチルはふと真顔になってこう言った。

「でも伊月君は、二度は言わせない人よ。勘がいいの。ただ、ときどきよくない気質に気付いていながら、その上で自分自身を甘やかしているところがあるから、そういうのは見逃さずに叱らなきゃね」

「あー。わかります。子供の頃から、たまにそういうとこはありました」

「でしょ!」

二度目の「でしょ」はいささか力を込めて言い、ミチルは二枚目の煎餅に手を伸ばした。地元の銘菓だが、全国に似たような仲間がいそうな、卵の風味が懐かしい煎餅だ。意外と硬くて分厚いので、脂っ気がなくても食べ応えがある。

「真面目な話、洗濯物の畳み方がルーズなんてのは、畳んでる過程で気付くはずだもの。心の底でどうでもいいって思ってる証拠だわ。ガツンと叱ればいいのよ」

「ガツンと。どうでもええと思うてやるんやったら、はなからやるな、て?」

覚が実際に叱責する口調をイメージしながらそう言うと、ミチルはあからさまに顔をしかめた。

「それじゃ、あの子、ホントにやめちゃうわよ? やってほしい気持ちはあるんでしょ?」

「そら、まあ、やってくれたら助かります」

「だったら、そう伝えればいいじゃない」

「伝える……洗濯物は僕が言うとおりに畳んでくれへんか、て？」

「もっとストレートに、やってみせればいいのよ、目の前で」

「……はあ」

「その上で、『いや、この畳み方、タカちゃんにはちょー難しいかな、そうかもしれへんな』って言えばいいの。絶対ムキになるから。で、もっとやればできるし、やるようになるから」

ミチルの大阪弁のイントネーションはいささか残念だったが、そんなことは気にせず、筧は感嘆の声を上げた。

「あー！　めっちゃその光景、目に浮かびました。その次の回からもずっと、『お前より上手だろ』って言いながらちゃんと畳んでくれる気がします！」

今度はこちらも下手クソな標準語で伊月の口真似をして、筧は笑い出す。ミチルも笑顔で同意した。

「絶対そうよ。どうせ心を折るなら、上手に折らなきゃ。へし折るんじゃなくて、正しい場所に折り線をつけてあげる感じ」

「なるほど……！　なんや、扱いの極意を教わった気がします」

「対伊月君に限るけどね」

ミチルがそう言い終わるのとほぼ同時に、扉が勢いよく開き、講義用の細々した道具を抱えた白衣姿の伊月が、どかどかと入ってくる。

「ただいま！　眠気マックス超えた！　都筑先生には、アルファ波発生禁止令を出すべき！　お、筧じゃん。どした？」

ろくでもない文句を言いつつ、伊月は二人のいる大きなテーブルのほうへやってきた。筧とミチルは素速く視線を交わし、素知らぬ風をする。

「都筑先生にお届け物や。先生は一緒違うん？」

「学生に質問されて、足止め食らってる。そのうち帰ってくるんじゃね？」

後半は全身を使って大あくびをしながら返事をする伊月に、筧は太い眉をハの字にしてミチルを見た。

「先生、この場合の正しい折り線は……」

「うーん、これについては、私に折り線をつける資格はないわ。私も、都筑先生の講義のお供をするときは、おおむね睡魔との闘いに終始しちゃうの。都筑先生、声も喋り方も眠すぎる」

「ほな、むしろ眠うなるんが正しい折り線でしょうか」

「そうかも」

話の流れがさっぱり摑めず、伊月は大きく伸びをした姿勢のまま、訝《いぶか》しそうに二人の顔を交互に見る。

「折り線って何の話？」

「さあ？」

「なんやろな」

二人はしらばっくれて、同時に笑い出す。

「……なんだよ、二人して意気投合しちゃって」

「まあまあ、煎餅食べえな、タカちゃん」

「そうそう。美味しいわよ、ピーナッツ煎餅」

「なんだかなあ。まあ、食うけど」

おそらく今夜、筧によってさっそく「洗濯物畳みの折り目」をつけられることになるであろうことなど露知らぬ伊月は、薄気味悪そうな顔で、ミチルが差し出した煎餅を受け取ったのだった……。

本書は、二〇〇四年七月、小社ノベルス、二〇一〇年二月に文庫として刊行された作品の新装版です。

|著者| 椹野道流　2月25日生まれ。魚座のO型。法医学教室勤務のほか、医療系専門学校教員などの仕事に携わる。この「鬼籍通覧」シリーズは、現在8作が刊行されている。他の著書に、「最後の晩ごはん」シリーズ（角川文庫）、「右手にメス、左手に花束」シリーズ（二見シャレード文庫）など多数。

新装版《しんそうばん》　禅定《ぜんじょう》の弓《ゆみ》　鬼籍通覧《きせきつうらん》

椹野道流《ふしのみちる》

講談社文庫

定価はカバーに
表示してあります

2020年1月15日第1刷発行

発行者――渡瀬昌彦
発行所――株式会社　講談社
東京都文京区音羽2-12-21　〒112-8001
電話　出版（03）5395-3510
　　　販売（03）5395-5817
　　　業務（03）5395-3615

デザイン―菊地信義
本文データ制作―講談社デジタル製作
印刷――――豊国印刷株式会社
製本――――株式会社国宝社

Printed in Japan

ISBN978-4-06-518405-9

講談社文庫刊行の辞

二十一世紀の到来を目睫に望みながら、われわれはいま、人類史上かつて例を見ない巨大な転換期をむかえようとしている。

世界も、日本も、激動の予兆に対する期待とおののきを内に蔵して、未知の時代に歩み入ろうとしている。このときにあたり、創業の人野間清治の「ナショナル・エデュケイター」への志を現代に甦らせようと意図して、われわれはここに古今の文芸作品はいうまでもなく、ひろく人文・社会・自然の諸科学から東西の名著を網羅する、新しい綜合文庫の発刊を決意した。

激動の転換期はまた断絶の時代である。われわれは戦後二十五年間の出版文化のありかたへの深い反省をこめて、この断絶の時代にあえて人間的な持続を求めようとする。いたずらに浮薄な商業主義のあだ花を追い求めることなく、長期にわたって良書に生命をあたえようとつとめるところにしか、今後の出版文化の真の繁栄はあり得ないと信じるからである。

同時にわれわれはこの綜合文庫の刊行を通じて、人文・社会・自然の諸科学が、結局人間の学にほかならないことを立証しようと願っている。かつて知識とは、「汝自身を知る」ことにつきていた。現代社会の瑣末な情報の氾濫のなかから、力強い知識の源泉を掘り起し、技術文明のただなかに、生きた人間の姿を復活させること。それこそわれわれの切なる希求である。

われわれは権威に盲従せず、俗流に媚びることなく、渾然一体となって日本の「草の根」をかたちづくる若く新しい世代の人々に、心をこめてこの新しい綜合文庫をおくり届けたい。それは知識の泉であるとともに感受性のふるさとであり、もっとも有機的に組織され、社会に開かれた万人のための大学をめざしている。大方の支援と協力を衷心より切望してやまない。

一九七一年七月

野間省一